LES MILLE
ET UN
GUIGNONS.

DE L'IMPRIMERIE DE HOCQUET ET COMP^c.,
RUE DU FAUBOURG MONTMARTRE, N°. 4.

LES MILLE
ET UN
GUIGNONS,

OU

L'HOMME QUI A RENONCÉ A TOUT ;

ROMAN PHILOSOPHI-TRAGI-COMIQUE.

.... *Quis, talia fando,*
Temperet a lacrimis?

TOME TROISIEME.

PARIS,

BARBA, Libraire, Palais-Royal, derrière le Théâtre Français, N°. 51.

1807.

LES MILLE
ET UN
GUIGNONS.

CHAPITRE PREMIER.

Courtes réflexions sur mon état.

J'AVAIS alors vingt ans. Privé de mon père, j'étais nul et isolé dans le monde, avec cinq cents louis, pour toute ressource; sans état, sans talent particulier; comptant sur une fortune qui me paraissait bien assurée, je ne m'étais jusqu'alors appliqué à aucune occupation profitable, ou utile. Je n'avais plus que la perspective bien douteuse, de me voir protéger par un oncle que je devais aller chercher en Amérique, que je ne trouverais peut-être jamais, ou qui ne voudrait pas me reconnaître; et encore moins, me faire part de ses biens.

D'ailleurs, était-il bien certain qu'il fût riche. Le même malheur qui avait assailli si subitement et ruiné mon pauvre père, ne pouvait-il pas avoir frappé mon oncle ?... Voilà les premières réflexions qui se présentèrent à mon esprit, quand ma douleur mortelle, me permit d'en faire. Cependant, la volonté de mon père devant être la règle de ma conduite, je me décidai à m'exposer aux dangers de la mer, après avoir été déjà si long-tems balotté sur la terre.

Je me préparai donc à m'embarquer, espérant que le mauvais génie qui m'avait persécuté dans cette partie du monde où j'étais né sous sa dépendance, me perdrait de vüe, dans un autre hémisphère; mais cet infatigable ennemi s'embarqua avec moi et renchérit encore en Amérique sur les tourmens qu'il m'avait fait éprouver en Europe.

CHAPITRE II.

Je veux aller à Marseille, pour m'embarquer.

Ayant donc fait tous les apprêts nécessaires, et disposé une bonne malle qui contenait tous mes effets, je m'informai de l'endroit où je pourrais effectuer mon embarquement; on m'indiqua différens ports de mer, et je préférai celui de Marseille, parce que j'avais souvent entendu mon père parler de cette ville où ma mère et mon oncle avaient pris naissance.

J'allai au bureau des diligences, où l'on me dit que le lendemain de grand matin, il en partait une pour cet endroit. J'y arrhai ma place et par une dernière étourderie, je revins souper avec le peu d'amis que j'avais encore à Paris, et que j'allais quitter pour ne les revoir vraisemblablement de longtemps et pour prendre congé d'eux.

Le repas que je payai, en qualité de nouvel héritier de mon père, car le maudit amour-propre ne m'avait pas permis de laisser connaître le mauvais état dans lequel sa mort m'avait réduit, et m'avait porté, au contraire, à me vanter, pour m'attirer plus de considération, que j'allais encore me faire adjuger la fortune d'un oncle excessivement riche que j'avais en Amérique. Ce repas me coûta beaucoup; et nous ayant entraînés fort avant dans la nuit, je me couchai fort tard, et ne pus me réveiller fort matin. Mais sitôt que j'eus les yeux ouverts, je m'abillai et courus avec un portefaix que j'avais averti de la veille, et qui avait inutilement déjà, frappé plusieurs fois, à la porte de ma chambre... Je courus, dis-je, après l'avoir chargé de ma malle et d'un bon sac de nuit, au bureau, pour m'emballer dans la diligence ; mais j'arrivais à sept heures et elle était partie à cinq ; de sorte que mon voyage se trouva différé malgré moi, et que mes arrhes furent perdues... Je fus très-affligé de ce contre-tems, et je regrettai l'argent du soupé, qui me faisait manquer mes affaires. Pour me consoler, on me dit qu'il partirait le lendemain une autre diligence, pour Lyon, que cette ville était à moitié du chemin de Marseille et que cela me serait encore plus commode, puisque j'aurais la facilité de me reposer en route, et que de-là je me rendrais également à ma destination. Cela me tranquilisa un peu, et j'arrêtai encore une place, dans cette nouvelle voiture, dont je payai même la moitié d'avance, pour être plus sûr et je fis charger ma malle dans le panier.

Je voulais faire compter en diminution, les arrhes que j'avais données pour la diligence de Marseille; mais en m'assurant que j'avais fait perdre le prix entier d'une place, qu'on avait refusée à d'autres, pour me la garder, on me prouva que l'on me faisait encore grâce, en ne me demandant pas davantage. Pour ne pas risquer de manquer une seconde fois le moment du départ, je revins le soir, pour coucher dans l'auberge attenant à la messagerie. Devenu prudent, ou du moins, croyant l'être, j'avais fait une toilette de voyage, et m'étais couvert de ce que j'avais en hardes, les plus communes, afin d'être moins rançonné par les aubergistes, et moins convoité par les voleurs; mais cela me nuisit encore, et toutes mes précautions tournaient contre moi.

Suivant ce plan d'épargne, que je m'étais prescrit, je revins le soir, souper assez maigrement, dans cette auberge et y demander un lit. L'hôte jugeant de moi par la dépense très-modique, que j'avais faite à mon souper, et par la simplicité de ma mise, me dit que toutes ses chambres étaient occupées et qu'il ne pouvait me loger que dans une où il y avait trois lits; comme une nuit est bientôt passée, je me déterminai à en occuper un, plutôt que d'aller dormir dehors à la belle étoile. Je montai donc avec une servante, qui me conduisit dans cette chambre, qui n'était autre chose, qu'un galletas, garni, pour tous meubles, de trois méchants lits sans rideaux.

Je me jettai tout habillé, sur celui

du fond et je commençais à m'assoupir lorsque cinq soldats très-envinés y entrèrent, en chantant, criant et jurant. Leur sabat m'eut bientôt réveillé ; je crus d'abord que c'étaient des gens qui venaient boire, et qu'ils sortiraient ensuite ; et je me tapis dans un coin de mon lit pour n'être point apperçu ; mais je ne tardai pas à être bien désagréablement détrompé.

Ces messieurs avaient fait avec l'hôte un arrangement qui leur paraissait tout naturel : quatre devaient coucher dans deux des trois lits, et le cinquième partager avec moi celui que j'occupais ; et le plus yvre d'entre eux ayant été rebuté par tous les autres, de peur d'incongruité de sa part, dans la nuit, il me fut adjugé pour compagnon de couche.

Aussitôt, s'approchant de mon lit, et me prenant par une jambe : « allons

» [illegible]zieux, mon camarade, dit-il, en » lâchant déjà une partie de son su- » perflu; fais-moi de la place, ou nom » d'un canon? Je te campe en faction » sous la paillasse. »

Je n'avais pas attendu la fin de sa politesse pour sauter à bas du lit, et j'enfilai bien vîte la porte, préférant de passer la nuit dans la cuisine au désagrément de souffrir une pareille compagnie. Je fis des reproches à l'aubergiste de m'avoir ainsi accouplé, tandis que pour mon argent, (car il m'avait fait payer d'avance mon frugal repas et mon lit,) j'avais bien entendu coucher tout seul. Il me répondit en ricannant, que j'étais bien dégouté et que je ne trouverais sûrement pas toujours d'aussi bon lit et des coucheurs si honnêtes. Qu'au surplus, si je voulais dormir seul, je n'avais qu'à m'étendre sur une chaise, parce qu'il n'y avait place que pour un; mais que dans des couchettes comme les siennes, il y avait place pour quatre, et qu'il n'en voulait pas perdre.

Sans causer davantage avec ce grossier personnage, je fis ce qu'il me conseillait. Je pris une chaise que j'approchai de la grande cheminée, où achevaient de brûler les restes de deux petits tisons, et m'enveloppant dans ma redingotte, je tâchai de m'endormir; mais la société qui garnissait encore cette cuisine, était aussi bien choisie et encore plus bruyante que celle qui m'avait fait sauver de la chambre. Sept ou huit rouliers, des postillons et des palfreniers, buvaient, jouaient aux cartes et fumaient.

Leur bruit empêchait mon sommeil, et l'odeur insupportable pour moi, de leurs pipes, me fit tourner le cœur et d'égager avec effort mon estomach, du bien mince souper que l'hôte m'avait servi. Lui qui ne voulait pas de cette restitution, me poussa durement dehors, en jurant et ferma la porte sur moi.

———

CHAPITRE III.

Le fâcheux réveil et la Ménagerie.

Ne sachant où aller pour passer le reste de cette nuit désastreuse, mais ne voulant pas rester à la belle étoile, par un tems très-froid, j'étais fort en peine, lorsque je reconnus que c'était dans la cour du bureau des diligences que le brutal aubergiste m'avait jetté, par une porte de communication. J'apperçus même dans le fond, à l'aide d'un peu de lune, la voiture sur laquelle j'avais vu charger ma malle.

Enchanté de cette heureuse découverte, je pensai aussitôt qu'en m'établissant dedans, je pouvais y attendre le jour chaudement et tranquillement. J'y montai donc et ayant refermé la portière, je m'y étalai à mon aise et ne tardai pas à m'endormir.

Si j'y goûtai un sommeil paisible, je n'eus pas en revanche, un réveil fort gracieux. Au point du jour, le conducteur diligent, vint visiter la gondole, pour mettre tout en état. En ouvrant la portière, il fut surpris de trouver un homme dedans, et croyant que c'était quelque malfaiteur, il s'arma d'un fouet, me tira dehors encore tout assoupi et à grands coups de lanières, il me prouva que j'avais eu tort de me loger là, sans sa permission.

Je poussais des cris à réveiller tout le monde. Coquin! » me dit-il, après » m'avoir bien frappé, de quel droit » as-tu osé entrer dans ma voiture? » » Hélas! lui répondis-je, en geignant » et tortillant douloureusement les

« épaules, du droit que j'ai payé pour « cela, et voilà même le reçu du bu- » reau, pour la moitié de ma place que » j'ai déjà soldée d'avance. »

Ah ! monsieur, reprit-il, en jettant son fouet et m'ôtant poliment son gros bonnet de poil ; « excusez, je ne vous » reconnaissais pas, et rien ne res- » semble tant à un honnête homme » qu'un fripon, ainsi vous ne devez » pas m'en vouloir. Au contraire, » c'est une preuve que je vous ai » donnée de mon exactitude à faire » mon service, et vous pourrez m'en » rendre témoignage auprès de nos » chefs. — ! Oh oui, car vous m'avez » donné là, un memento, dont je me » ressentirai long-tems. — A présent, » monsieur, vous pouvez remonter » dans ma voiture, vous n'y risquez » plus rien, et je m'en vas faire mettre » les chevaux. »

C'était bien aussi ce que j'avais de mieux à faire, que d'y rentrer, car je ne pouvais presque plus me tenir debout. Je m'y replaçai donc pour attendre la compagnie qui devait faire route avec moi.

La première personne qui arriva, fut une grosse dame, qui aurait dû payer au moins trois places, pour l'excessive amplitude de son individu, car en entrant et se précipitant dans le fond, sans prendre garde que j'y étais déjà, elle le remplit tout entier à elle seule, et du poids d'un quart de son énorme fessier elle me foula tout le corps à me faire perdre la respiration, et môter même la force de parler. Cocher ! cria-t-elle aussitôt en se trémoussant lourdement, sans pouvoir se relever, car ses hanches étaient comprimées des deux côtés, et en achevant de m'étouffer; « quel paquet avez-vous

» donc laissé là-dessous moi qui me
» gêne ? »

Enfin ce paquet parvint à pouvoir pousser un soupir et à se dégager assez, pour articuler d'une voix plaintive : » c'est un homme que vous écrasez. » La frayeur la fit pourtant relever un peu, et je profitai de la petite aisance que ce mouvement me donna, pour me glisser avec bien de la peine entre ses jambes et me rejetter à demi mort, sur le coussin de devant.

» ! Ah dame, monsieur, me dit-elle,
» quand on est si fluet et si délicat que
» vous, on ne vient pas se placer dans
» une voiture où on a de la peine à
» vous appercevoir. — Mais plutôt,
» madame, quand on est aussi épaisse
» que vous, on se fait faire une ber-
» line pour soi seule. »

Pendant ces propos, arriva une servante de la dame, qui portait un perroquet dans une cage, qu'elle posa à côté de moi. La vue de cet oiseau que je n'aimais pas et que j'avais juré de ne plus jamais approcher, depuis celui qui m'avait mordu chez mon père, redoubla mon humeur, et j'allais lui proposer de le faire placer par-dessus dans le panier de l'impériale, lorsqu'une seconde fille apporta un gros chat angola, autre objet de mon aversion, depuis la même époque.

Surpris et mécontent doublement, de ce surcroît de société animale, je demandai à ma mignone compagne, si tout cela allait faire route avec nous? « Très-certainement, reprit-elle; mes » bêtes ne me quittent jamais. Je les » aime trop pour m'en séparer d'un instant... »

J'ouvrais la bouche, ou du moins je retenais l'envie que j'avais de lui répondre : qui se ressemble s'assemble, quand la colère m'étouffa la parole, en voyant la prémière fille revenir avec une chienne doguine et un grand lévrier, qui s'élança dans la voiture, tandis que la servante y établissait douillettement la chienne, sur un oreiller, et encore à côté de moi.

Cet excès d'extravagance me révoltait déjà; mais pour m'achever, la servante dit : à présent, madame, il n'y a plus de place, où mettra-t-on votre beau coq et votre belle poule de Barbarie? — Comment, où? reprit aigrement l'impertinente maîtresse, dans la voiture aussi, je crois bien; monsieur se prêtera un peu, et aura la complaisance de tenir la cage de mes charmans barbares sur ses genoux. — Moi, madame! j'aimerais mieux que le diable emportât vos charmans barbares et toute votre infernale ménagerie. — Oh! qu'il vous emporte plutôt vous-même, monsieur, j'ai payé la moitié de la voiture, et mes chers animaux s'y placeront malgré vous. — Eh bien, moi, je vous la laisse tout entière. Aussitôt rejettant sur elle son lévrier qui venait de grimper sur moi, marchant sur la patte de son angola, culbutant la cage du perroquet, et faisant tomber le doguin par la portière, je sautai à bas de la voiture. La maîtresse désolée, cria et pleura, et moi enragé, je courus au bureau, pour faire mes plaintes de la ridicule compagnie qu'on m'avait envoyée.

CHAPITRE IV.

La Journée du Coche d'eau, et le Quiproquò de la Nuit.

Le commis du bureau de ma diligence était sorti pour d'autres affaires, avec un particulier, et l'on m'indiqua un café où je le trouverais vraisemblablement. J'y fus aussitôt, mais il n'y était point ; je l'attendis vainement, et le cherchai dans tous les cafés des environs. Enfin las de courir après lui, je retournai au bureau où il était revenu ; mais pendant mon absence et la sienne, la diligence était partie avec la grosse dame aux bêtes, et son agréable société.

Je n'en fus pas fâché d'abord, m'imaginant bien qu'on allait me donner place dans une autre ; mais le commis me dit qu'il n'y en avait plus à partir, et que c'était ma faute d'être sorti de celle où j'étais ; qu'au surplus, je n'avais qu'à prendre la poste à cheval, et que je la rattraperais.... J'avais juré de ne plus monter sur aucun cheval, même de bois, et je refusai ce moyen.

Alors on me dit que je n'avais plus que la ressource des coches d'eau qui m'avanceraient toujours sur la route de Lyon. J'avais aussi de la répugnance pour l'eau, depuis mes chûtes dans le bassin, à la pêche du eigne, et dans l'abreuvoir où mon âne m'avait fait prendre un bain ; mais en réfléchissant que j'allais pour m'exposer sur la mer, je pensai que je pouvais bien me hazarder sur une petite rivière, et je consentis à prendre ce parti.

J'allai donc droit au port St.-Paul, où l'on m'avait indiqué le bureau des coches. J'en trouvai justement un prêt à partir ; j'y entrai, en payant encore ma place jusqu'à Châlons, en priant les bateliers d'aller le plus vîte qu'ils pourraient, parce que je voulais rattraper la diligence de Lyon. Ils me répondirent, en me riant au nez, que je n'avais qu'à prier plutôt le grand St.-Nicolas de donner des aîles aux chevaux qui tiraient le coche, et que nous arriverions à Châlons avant la voiture que je poursuivais.

Mais malgré les supplications que je pus adresser à ce vénéré patron des rivières, les étiques baridelles qui traînaient notre coffre de bois étaient si débiles et si compassées dans leur marche, que je ne tardai pas à me repentir de m'être embarqué dans cette paresseuse machine, que le moindre piéton laisserait derrière lui.

Pour me donner un avant-goût des agrémens de cette navigation, à peine flottions-nous sur l'eau depuis une heure, que notre arche s'engrava, et nous fûmes obligés de rester pendant plus de deux heures en station, et inquiets de savoir si nous pourrions nous en tirer en avançant, ou si, forcés d'y demeurer, nous descendrions à terre par le moyen de quelques petits batelets qui escortaient l'embarcation principale.

Mes chagrins redoublèrent, et je me donnais au diable, ou du moins je reconnaissais bien là que mon mauvais démon m'accompagnait toujours; enfin, à force de travail, on nous remit à flot, et nous pûmes continuer, mais toujours très-lentement notre route jusqu'au soir, où nous arrêtâmes pour coucher, à très-peu de distance du point de notre départ.

Je descendis à l'auberge comme plusieurs autres des passagers ; car quelques-uns qui ont la précaution de se munir de provisions, restent à coucher dans la machine flottante et s'épargnent la dépense d'un gîte terrestre. Après avoir soupé, j'eus besoin de quelque chose pour faire ma toilette nocturne, et je pensai alors à mon sac de nuit.... mais en même-tems je me souvins que la précipitation de fuir le matin le perroquet, le chat angola, le doguin, le lévrier, le coq et la poule de Barbarie de la grosse dame, m'avait fait oublier et laisser dans le panier de la diligence de Lyon ce même sac et ma malle qui contenait, outre mes effets, quatre cent cinquante louis des cinq cents qui composaient ma fortune, n'en ayant voulu prendre sur moi que cinquante pour payer tous les frais de ma route, et exister encore à Marseille, jusqu'à ce que j'y trouvasse une occasion pour passer en Amérique.

Désolé de cette étourderie, loin de songer à me coucher, à dormir et à continuer ma route par ce lambin de coche que je jugeais bien alors qui n'arriverait jamais assez tôt pour rattraper l'autre plus rapide qui emportait tout mon avoir et toutes mes espérances, je voulus courir après à l'instant même, et j'aurais donné tout ce qui me restait, pour avoir un ballon qui m'eût transporté sur l'impériale de cette fugitive et spoliatrice diligence.

Je sors vivement de ma chambre pour aller chercher l'hôte, et me faire indiquer un moyen de rejoindre au plutôt cette maudite voiture, même avec ses bêtes que je regrettais tant alors d'avoir quittées. Je frappe à toutes les portes que je rencontre : aux unes, on ronfle et on ne me répond pas ; aux autres, on me crie des sottises et on jure après moi d'interrompre ainsi le sommeil des voyageurs ; enfin, un dernier dormeur, éveillé aussi par mon tapage, plus complaisant que les autres, m'indique la chambre de l'aubergiste.

J'y arrive à tâtons ; et sentant la clé sur la porte, j'ouvre et j'entre : il n'y avait plus de lumière. Je le crois couché, j'avance avec précaution, cherchant le lit pour le réveiller : je me heurte contre et tombe dessus ; mais singulièrement, mon visage s'encadre au milieu de deux masses de chair prétubérantes, mais très-fermes, dans lesquelles mon nez se trouve enclavé, et mes mains, dont je cherche à m'aider pour me relever, s'appuyent en même-tems sur deux globes très-volumineux, pas tant que les premiers, cependant mais aussi fermes et élastiques.

Je me disais tout bas à moi-même : « Eh ! mais voilà un homme qui est » extraordinairement conformé ! » Lorsque cet objet extraordinaire se réveillant en sursaut et sentant mes mains qui palpaient toujours pour m'assurer du fait, se mit à crier d'une voix aussi forte que ses chairs étaient abondantes : « Au voleur ! à l'as- » sassin ! au viol ! . : . . » Et me saisissant par le cou, se disposait à m'étrangler.

Tous les domestiques de l'auberge accoururent au bruit avec de la lumière, et me virent entre les mains de leur maîtresse, car c'était elle qui, attendant son mari qui n'était pas encore rentré, avait laissé la clé sur la porte. Elle se plaignit de l'effronterie que j'avais eue, en équivoquant sur mon intention de la voler ou de la violer, toutes deux aussi criminelles l'une que l'autre. Les valets, pour faire leur cour, m'houspillèrent d'importance sans vouloir entendre aucune explication de ma part, m'entraînerent hors de la chambre, et m'enfermèrent dans un caveau, d'où ils me dirent que la garde viendrait me tirer le lendemain, pour me faire juger selon mes mérites.

CHAPITRE V.

La Pipe d'Eau-de-vie.

Je me trouvai fort mal à mon aise dans ce caveau, que je pouvais bien prendre pour un cachot. De plus j'enrageais du retard que cette malheureuse affaire m'occasionnerait encore. Il m'était pourtant force de prendre patience jusqu'au lendemain, puisque je ne devais sortir de-là qu'avec la garde; mais comment faire pour y dormir?

Je ne pouvais me coucher sur la terre, dont l'humidité pénétrait déjà à travers mes souliers; et l'on n'avait pas seulement eu l'humanité de m'y jetter une botte de paille. Je ne voyais goutte et n'osais me remuer de peur d'accident ; cependant je ne pouvais toujours rester à la même place, dont la pression de mes pieds faisait déjà sortir de l'eau. Je me hasardai donc à avancer bien doucement, pour essayer de trouver un coin où la terre fût un peu plus sèche.

Je rencontrai sous ma main quelque chose qui m'arrêta : en tâtant l'objet pour reconnaître ce que ce pouvait être, je jugeai que c'était une grosse pipe d'eau-de-vie qu'on avait vidée, car elle était debout. Je pensai que si je pouvais grimper dessus et m'y asseoir, je serais un peu moins fatigué, et n'aurais plus à souffrir de l'humidité qui me trempait déjà les jambes. Je m'agitai donc tant que je réussis à escalader la pièce.

Il était question alors de m'établir sur cette couchette d'un nouveau genre; je ne pouvais appuyer mon dos contre la muraille qui suait l'eau de tous côtés. Je ne voulais pas non plus laisser pendre mes jambes qui auraient bientôt été engourdies. Je me ramassai donc bien, le cul sur le milieu de la pipe, je relevai mes jambes, et en courbant et rapprochant mon dos du point central, j'appuyai ma tête sur mes genoux. Dans cette posture assez incommode, j'essayai non de dormir, mais du moins, comme l'on dit, de roupiller un peu.

Effectivement j'avais déjà commencé à perdre connaissance, lorsque le diable me la rendit par un tour auquel je ne m'attendais pas. La pipe sur laquelle j'étais juché était vieille, les douves du dessus ne tenaient guères, les efforts que j'avais faits en voulant y grimper les avaient déjointes, et tout le poids de mon corps ainsi recroquevillé, ne portant que sur un point, avait achevé de détacher toute la partie supérieure, qui tomba au fond de la pipe et moi avec, en paquet.

Le pire de ma disgrace, fut que le fond de cette maudite barrique était tout rempli de lie de vin qu'on y avait déposée, et qu'en barbotant là-dedans, je m'en barbouillai des pieds jusqu'à la tête et par-dessus; mais j'eus beau faire des efforts, je ne pus jamais me relever sur pieds. La pipe était trop étroite pour ma longueur, et de la façon dont j'étais tombé, j'avais le derrière au milieu, et mes jambes relevées en l'air étaient serrées à ne pouvoir remuer, contre un des côtés de la futaille, tandis que mes épaules arcboutaient contre l'autre.

Je fus forcé d'attendre ainsi, en maudissant ma destinée, que la garde vint me délivrer.... et je craignais même encore que l'impitoyable hôtesse ne trouvât plaisant de me laisser mourir dans ce nouveau cabanon. (*)

Les soldats vinrent pourtant me chercher avec une lumière, car on ne voyait pas plus clair dans ce souterrain le jour que la nuit, et ne m'appercevant point ils me crurent échappé; mais ne voyant pas d'issue par laquelle j'eusse pu sortir, ils ne pouvaient concevoir ce que j'étais devenu.

Quelques faibles cris que je poussai, leur donnèrent enfin à soupçonner que j'étais dans cette futaille; mais la croyant bien fermée et pleine, il m'eût

---

(*) Quelques-uns prononcent *calbanon*. C'est un cachot où l'on ne peut se remuer, et où l'on enferme les grands criminels ou les foux furieux.

donc fallu être sorcier pour y pénétrer par le bondon. Cependant à force de m'entendre plaindre et demander du secours, ils se mirent à remuer la pièce qui, cédant à leurs efforts, se renversa, et vomit à leurs pieds, à travers des flots de lie, le barbouillé Jonas que cette baleine avait englouti.

Les soldats émerveillés d'une si étrange aventure, n'étaient pas les mêmes qui m'avaient porté à la morgue et depuis redescendu d'un balcon; car après m'avoir pris déjà pour un mort, ensuite pour un revenant, ils m'auraient bien pris cette fois pour un véritable démon; ils se contentèrent de me demander l'explication de cette énigme qu'ils ne devinaient pas. Je leur appris comme quoi j'avais grimpé sur cette futaille pour y dormir, comme quoi le couvercle avait effondré, et comme quoi tombé avec dans le fond et n'en pouvant plus sortir, j'y étais resté prisonnier.

Ils rirent beaucoup du succès de l'invention que j'avais eue d'aller me coucher sur cette pipe, et le caporal qui était un des beaux esprits de son régiment, et qui, en cas de besoin, eût pu faire des petites comédies en calembours, comme on en a composé depuis, me dit en goguenardant, que je n'avais pas été beaucoup trompé, et que j'avais trouvé *lie* pour *lit*. Ensuite ces messieurs, à la requête de l'hôtesse qui persistait dans sa plainte criminelle contre moi, me traduisirent chez le bailli du lieu, pour y être jugé en dernier ressort.

Comme il était de grand matin M. le bailli reposait encore entre les bras de sa chaste épouse, nouvelle et appétissante mariée, qui sans doute l'avait tenu éveillé trop tard , et tous deux regagnaient en sommeillant paisiblement, ce qu'ils avaient perdu de la nuit.

Le clerc du bailli, garçon prudent, qui savait tirer parti de tout, pensa d'abord qu'il ferait de la peine et du tort au couple fatigué s'il interrompait un repos qu'il leur jugeait si nécessaire; il calcula ensuite qu'il pouvait gagner un certain revenant-bon en se chargeant d'expédier lui-même mon affaire, le suprême juge son chef, lui ayant permis de lui épargner la peine des audiences inutiles, en écoutant d'abord à sa place les causes ou plaintes qui paraîtraient de peu d'importance.

Il m'interrogea donc en particulier, et quoique très-convaincu, par les détails que je lui fis de ce qui m'était arrivé, que je n'avais aucun tort, il affecta de trouver mon affaire très-grave, et de me répéter qu'elle pouvait avoir des suites fort dangereuses pour moi.... Car, disait-il, M. le bailly est d'une sévérité extrême, sur-tout dans ce qui touche à l'honneur conjugal.....

J'eus beau l'assurer que j'étais parfaitement innocent, et que je ne craignais rien de toutes les informations qu'on pourrait faire sur mon compte, il en revint toujours à me dire : « L'hô» tesse fait contre vous une plainte » double. Elle vous accuse d'avoir » voulu la voler, ou jouir d'elle par » surprise ; comme vous portez une » figure d'honnête homme, je ne » vous crois pas capable de vol, et je » vous décharge volontiers de ce » côté là..... mais vous avez aussi, » malgré le déchet de votre mauvaise

» nuit, l'air d'un égrillard et l'âge
» d'un séducteur; ainsi je vous crois
» bien fautif sur cet article, M. le
» bailli, nouvellement marié à une
» jeune femme ne vous le pardonne-
» rait pas; mais, moi qui suis garçon,
» je sais compatir aux faiblesses de la
» jeunesse; en conséquence je suis
» très-disposé à assoupir cette affaire,
» en n'en parlant au juge que comme
» d'une vétille; mais il faudrait achè-
» ter le silence des soldats qui vous
» ont amené ici... et pour cela, si vous
» avez une couple de louis à me re-
» mettre pour eux, je vais les ren-
» voyer en leur affirmant que vous
» n'êtes nullement coupable. »

Je me décidai à ce sacrifice, pour être plutôt en liberté de recourir après le reste de mon trésor. Je donnai les deux louis à ce juge subalterne; et en le remerciant beaucoup, j'y en ajoutai même un troisième pour lui, qu'il eut l'air de faire bien des façons pour accepter, mais qu'il prit enfin, en me disant que c'était pour acheter des plumes et du papier..... Il appela ensuite le caporal, le tira dans un coin, lui dit que j'étais pleinement justifié, qu'il pouvait se retirer avec sa garde, et que je leur donnais *cela* pour le boire à ma santé..... Et en regardant du coin de l'œil, je vis que le *cela*, qu'il leur donnait de ma part, était un seul écu de six francs; donc il confisquait le reste à son profit.... apparemment pour avoir encore de l'encre et du papier.

Les soldats se retirèrent fort contens, aimant bien mieux avoir six francs que de me savoir en prison pour six mois, et ils allèrent du même tems emprisonner leur gros écu dans un cabaret.

CHAPITRE VI.

Rencontre intéressante et inattendue.

Ce brave clerc me fit ensuite sortir par une porte secrète qui donnait dans uue autre rue, et me conseilla de ne pas rester plus long-tems dans l'endroit, pour éviter la récrimination de l'aubergiste.

Comme c'était bien mon intention, je ne pris que le tems d'aller chez un frippier, pour rechanger des pieds à la tête tous mes vêtemens qui avaient été confits dans la lie pendant toute une nuit.

Cette opération faite, je trouvai le coche reparti, et ma place payée d'avance jusqu'à Châlons, encore perdue. Certes, on peut convenir que mes guignons se succédaient rapidement ; mais hélas ! combien ne m'en restait-il pas encore à éprouver ? Je me suis borné à vous en accuser mille, cher lecteur, parce que c'est un calcul adopté depuis long-tems; *les mille et une Nuits*, *les mille et un Quarts-d'heure*, *les mille et une Folies*, etc.. et tant d'autres *mille* de toutes couleurs et de tous genres; mais les Guignons ! ah ! mon Dieu ! quand un être disgracié est enguignonné comme moi, il pourrait les nombrer par million, car chaque minute de sa vie est une infortune.

Suivons donc le fil des miennes. Je ne me voyais plus d'autre moyen que de continuer ma route à pied, toujours devant moi sur le chemin de Lyon, et de profiter de la première voiture qui passerait pour s'y rendre, si j'y pouvais trouver une place. J'arrivai, clopin clopant, jusqu'à Fontainebleau, et ne me sentant plus la force d'aller plus loin, je m'y arrêtai, parce qu'on me dit qu'il y avait un bureau de messageries, et que celles pour Lyon y passaient toutes.

Résolu par force à en attendre une, je m'allai loger à une auberge renommée, mais que moi je trouvais la bien mal nommée ; on l'appelait l'auberge du Juste, d'après l'enseigne qui en décorait insidieusement la façade, et l'hôte, aussi juif et aussi traître que Judas Iscariot, me rançonna et m'écorcha inhumainement pour un mauvais dîner que j'avais pris en particulier, et un souper que j'avais fait à table d'hôtes, mais où je n'avais que vu passer les plats garnis d'abord, mais toujours vides avant d'arriver jusqu'à moi.

Aussi je m'empressai d'aller au bureau m'informer s'il y avait quelque occasion pour me transporter à Lyon, où je brûlais de me réunir à ma précieuse et trop aventurée malle.... On me proposa une chaise de poste; mais en faisant d'avance le compte des frais que cette manière de voyager me coûterait, je la trouvai infiniment trop dispendieuse, et je dis aux commis que je n'étais pas en état de payer une telle somme.

Je me retirais fort en peine de savoir à quoi me déterminer, lorsque je vis arriver avec grand fracas un postillon qui demandait des relais, et peu après une chaise arrêta pour changer de chevaux. Le particulier qui était dedans ayant demandé, pendant qu'on relayait, un verre de vin d'Espagne, je le reconnus pour le galant cavalier que j'avais régalé, et qui m'avait enlevé ma seconde maîtresse. De son côté, il me remit aussi.

Je voulais l'éviter et m'éloigner, étant honteux de me retrouver en si mauvais équipage devant un homme qui m'avait trompé, et à qui je n'étais pas en état de demander raison ; mais les gens riches et heureux sont toujours hardis et croient pouvoir rire de tout, et encore plus quand ils apperçoivent de l'infériorité dans leurs antagonistes.

Il fut donc le premier à m'adresser la parole, en me rappelant lestement notre première rencontre, et me plaisantant sur l'ignorance où j'avais été de l'accord précédemment fait entre lui et la demoiselle que j'avais inutilement courtisée ; il voulut me prouver qu'elle n'avait pas pu, ni dû se mieux conduire, et me remercia de l'aide involontaire, mais utile que j'avais si heureusement prêtée à leur projet. Ensuite, me questionnant sur mes propres affaires, il s'égaya beaucoup de la fatalité burlesque qui m'avait déjà fait manquer trois mariages; et quand je lui eus avoué de même ingénuement les contre-tems des diligences et des divers évènemens qui semblaient vouloir continuellement m'éloigner de Lyon et m'empêcher de rattraper ma malle et mes effets.... il réfléchit un peu, et me dit : « Eh » quoi ! c'est à Lyon que vous voulez » vous rendre ! plusieurs obstacles » vous ont déjà retardé, et ce n'est » que le manque d'argent qui vous » empêche de prendre la poste ?.... » Eh ! mon cher ! je vous ai obliga- » tion, et je vous dois de la recon- » naissance. Acceptez une place dans » ma voiture ; je vais aussi à Lyon ; » vous y serez rendu bien plus vîte

» que de toute autre manière, et vous
» épargnerez beaucoup ; je ne vous
» laisserai payer qu'un cheval qu'on
» va nous mettre de plus pour vous. »

Cette offre me paraissant très-avantageuse pour moi, j'acceptai la courtoisie de mon ancien rival, et j'entrai avec lui dans sa chaise .... Comme nous courûmes jour et nuit, ne nous arrêtant que très-peu pour nos repas, nous arrivâmes le sur-lendemain dans l'après-midi.

Mon compagnon de voyage, à qui j'avais demandé pendant la route des nouvelles de la belle qu'il m'avait si lestement soufflée, en l'assurant que j'étais bien guéri de cette passion, me remit au soir pour me raconter leur histoire; ensuite m'ayant descendu à une auberge, où il me dit qu'il reviendrait souper avec moi, il me quitta pour aller penser à ses affaires, tandis que j'irais m'informer des miennes, et revendiquer la chère malle qui me tenait tant au cœur.

CHAPITRE VII.

Nouveau mécompte.

Je ne revenais pas de mon bonheur d'avoir trouvé une si favorable occasion pour me conduire promptement à la ville où j'étais si empressé de me rendre, et où j'avais désespéré de pouvoir arriver à tems. Je croyais déjà tenir ma malle et mes louis d'or, et je remerciais du plus profond de mon cœur mon patron Guignolet, qui m'avait aidé si à propos, et l'obligeant jeune homme qui m'avait si généreusement favorisé, et je lui pardonnais complètement le premier tour qu'il m'avait joué d'accord avec mon infidèle, ou plutôt perfide prétendue, que je trouvais alors seule coupable.

Pour témoigner ma reconnaissance à cet estimable cavalier, comme je me le représentais alors, qui m'avait promis de revenir et de me raconter son histoire, j'ordonnai un souper délicat, mais abondant, et n'épargnai rien pour le bien recevoir; et pour mieux exciter le talent du cuisinier, je payai la carte d'avance.... Ensuite, ayant demandé l'adresse du bureau des messageries, j'y allai avec empressement et confiance, et je m'y informai si la diligence de Paris était arrivée. — Oui, monsieur, me répondit-on, de ce matin. — Ah! tant mieux! repris-je en moi-même; voilà qui est bien heureux! malgré tous les obstacles qui m'ont arrêté, je n'ai pas perdu de tems!.... « En ce cas, mes- » sieurs, dis-je aux commis, si la

» voiture est déchargée, vous devez
» avoir une malle et des paquets pour
» moi. — S'ils y sont, monsieur, on
» vous les remettra; à quelle adresse
» sont-ils? — A Mr. Guignolet Bon-
» homme, fils ». Les commis cher-
chent, feuillettent le livre de chargement de la diligence, ne trouvent
rien à cette adresse, et me disent que
mes effets ne sont pas venus par cet
envoi.... « Mais cependant, mes-
» sieurs, ils doivent y être; je les ai
» fait emballer devant moi, et j'en
» suis bien sûr. — Mais cependant,
» monsieur, ils n'y sont pas, et il
» faut que vous vous soyez trompé,
» car nos employés sont exacts. Quel
» jour avez-vous chargé vos effets?
» et, encore une fois, à qui devait-on
» les remettre? il y a sans doute ici
» du quiproquo. — Eh! parbleu! je
» les ai fait emballer mardi dernier,

» pour les remettre, comme je vous
» ai déjà dit, à M_r. Guignolet Bon-
» homme, fils, à Lyon, et c'est moi. »

Cette réponse fit rire les commis à pâmer, et je prenais très-mal cette risée. « Messieurs, leur dis-je avec
» humeur, est-ce mon nom qui vous
» fait rire ? qu'est-ce que vous y
» trouvez donc de si plaisant ? —
» Mais c'est vous, mon cher mon-
» sieur, et qui êtes plus que plaisant
» même ; est-ce que la tête vous
» tourne donc ? vous adressez vos
» effets à Lyon, et vous venez les ré-
» clamer à Bruxelles ! — Comment !
» à Bruxelles ? — Eh oui, monsieur,
» c'est à Bruxelles que vous êtes. »

Il est imppossible de se figurer ma stupéfaction et ma colère à cette déclaration des commis. Je suffoquais d'indignation de la tromperie qui m'avait été faite, et de confusion d'avoir été deux fois la dupe du même homme qui m'avait déjà si cruellement berné à notre première rencontre.

J'en appelle à l'amour-propre de tous mes lecteurs; être trompé une fois, on se console en s'en prenant à l'improbité de celui qui a abusé de notre confiance; mais à la seconde, on est sans excuse, et l'on ne se pardonne pas.

Les commis s'étant d'abord amusés de ce quiproquo, finirent par me plaindre quand je leur eus expliqué toutes les disgraces de mon triste voyage, et me témoignèrent de l'intérêt. Ils me dirent que mon plus sûr était de profiter d'une diligence qui partait le lendemain pour Paris, où je pourrais reprendre celle de Lyon, puisque je ne voulais plus entendre parler de chaise de poste. J'adhérai à leur conseil, et je me retrouvai à Paris dix jours après en être sorti, ayant déjà souffert l'impossible et dépensé pour rien, en arrhes, en places, en habits gâtés, en amendes et en poste, plus de vingt louis...., sans me voir avancé d'un pas dans la route que j'avais à faire. Ah! morbleu! me dis-je, en repassant la barrière, voilà un voyage d'Amérique qui s'annonce sous de bien sinistres auspices!

CHAPITRE VIII.

Je rentre dans la Diligence de Lyon.

Je retourne donc à ce fatal bureau où déjà j'avais éprouvé de si désagréables contradictions. Les commis me reconnaissent et me souhaitent, en riant de ressouvenir, meilleure chance pour cette fois-ci; ils me rassurent même, en me déclarant que ma compagnie sera mieux assortie, et que je n'aurai à l'entour de moi ni chiens, ni chats, ni perroquets, ni poules et coqs de Barbarie, ni sur-tout de voisine à trois quintaux de pesanteur. Je repaye donc encore ma place; et prenant bien toutes mes précautions pour ne pas manquer ce dernier départ, je réussis à quitter Paris, et me voilà sur le chemin de Lyon, bien persuadé que cette fois j'y arriverais sans nul encombre.

La société était vraiment intéressante : des femmes aimables, des hommes d'esprit réunis, comme par choix dans cette carrossée, nous firent passer très-agréablement la première matinée. Arrivés à l'auberge où l'on devait relayer et dîner, notre repas fut égayé par la bonne humeur des convives et les propos joyeux qu'ils débitèrent; car dans ces occasions, le bon esprit est de chercher à dissiper les ennuis d'une route longue et monotone. Sans m'en douter même, au dessert, je prêtai beaucoup à la plaisanterie.

On nous avait servi un plat de fromage à la crême qui avait été trouvé très-bon, et la société qui y avait pris goût, en redemandait un autre. L'hôte nous dit que ce serait un extraordinaire ; qu'il nous le servirait volontiers, mais que nous le payerions en sus de l'écot. Moi, voulant me montrer galant et généreux, pour me faire bien venir de mes camarades de voiture, je tirai sans regarder, de ma poche, une pièce de monnaie, que je croyais être un petit écu, et la donnai à l'aubergiste, en lui disant avec prétention : « Tenez, Monsieur l'hôte, » qu'à cela ne tienne; employez-nous » cela, et donnez-nous un supplé- » ment. »

Soudain nous vîmes arriver un redoublement du même fromage à la crême, mais accompagné de fruits confits et biscuits, de massepins, de conserves, de confitures, et d'un étalage de friandises recherchées.... « Eh » mon dieu ! lui dis-je, Monsieur

» l'hôte, vous êtes trop généreux;
» vous nous servez beaucoup plus
» que l'on ne vous a demandé: qui
» diable donc vous payera tout cela?»
« Tout est payé d'avance, Monsieur,
» répondit-il, vous m'avez donné un
» double louis, et je l'emploie de
» mon mieux pour vous faire hon-
» neur. »

Les complimens partirent aussitôt de toutes les bouches gourmandes, pour me féliciter et me remercier de ma générosité, tandis que je me mordais les lèvres pour me punir de ma sotte et indiscrète méprise; mais il n'y avait pas à en revenir, et je fus même obligé de feindre un grand contentement d'une dépense ridicule qui me mettait au désespoir.

On repartit après dîner, et je fus encore préconisé par les voyageurs, dans l'intention sans doute de m'engager à faire la même généreuse sottise au souper que nous allions chercher.

Je n'étais pas à beaucoup près si content que ceux que j'avais régalés si involontairement, et je me tapis dans un coin de la voiture, mais un incident fâcheux interrompit notre route. Des casseroles mal étamées, apparemment, avaient donné aux mets qu'on nous avait servis, une qualité malfaisante, et tous les gens de la carrossée furent atteints de coliques et de crispations d'entrailles, qui nous obligeaient à faire arrêter la voiture et à descendre alternativement pour nous soulager, même quelquefois tous ensemble. Le conducteur, le cocher, le postillon n'étaient pas exempts des effets douloureux de ces atteintes corrosives, et faisaient, avec les voyageurs, un chorus d'instrumens à vent, accompagnés de grimaces, le long du grand chemin où nous faisions des haltes fréquentes. Les chevaux seuls, grace à leur sobriété, ne se ressentaient pas de l'altération de leurs alimens qui, simples et naturels, n'ayant point subi la manipulation de la cuisine, n'en avaient point contracté les dangereux résultats.

Toutes ces différentes et multipliées stations que nous fûmes obligés de faire, nous arrêtèrent long-tems, et nous arrivâmes beaucoup plus tard à l'endroit de la couchée. Cependant, à-peu-près remis tous de nos mutuelles étreintes, nous nous préparions à nous refaire de cette fatiguante et désagréable après-dîner, par un souper que l'on nous avait annoncé comme excellent, dans cette auberge, qui était une des meilleures de la route.

Véritablement on nous y servit très-splendidement, et nous n'eûmes tous que des complimens à faire à l'hôte, de sa bonne chère, et des assurances à lui donner que, si nous repassions dans l'endroit, nous donnerions la préférence à son auberge.

Mais moi particulièrement, j'avais fait à ce souper une rencontre extraordinaire, et qui même aurait pu devenir piquante..... Sans mes réflexions philosophiques et le souvenir de mes services, un quidam arrivé seul après nous dans cette hôtellerie, fut admis, comme cela se pratique sur les routes, à souper avec nous, et se trouva à table, placé en face de moi. Nos yeux se portent de l'un sur l'autre de nos deux personnages; nous nous reconnûmes mutuellement et avec une égale surprise. Je vis en lui le traître qui m'avait insidieusement fait grimper sur le balcon par une échelle de corde ; et lui se rappella de même, à mon aspect, la victime innocente qu'il avait voulu immoler une seconde fois, et qu'il conçut alors le barbare projet d'exposer à un troisième danger.

Mécontent de lui, comme j'avais sujet de l'être, mais ayant pris irrévocablement la sage détermination de ne plus céder à l'impulsion de mes rancunes, je me contins et n'eus pas l'air de le reconnaître ; mais lui, qui trouvait encore une jouissance à se rappeler et à me faire convenir du tour qu'il m'avait joué, quoiqu'il cherchât à me donner le change sur les détails, m'adressa la parole et me remit sur cette aventure.

Il commença par chercher à me persuader qu'il n'avait eu aucun tort ; qu'il avait de bonne foi ajusté l'échelle qui avait dû me servir à monter au balcon; qu'il ne s'était retiré qu'après m'avoir vu arriver sur la fenêtre, et que quand il était revenu, ne m'ayant plus apperçu et ayant trouvé l'échelle coupée, il m'avait cru entré chez ma maîtresse, et employant agréablement cette nuit que j'avais au contraire passée d'une façon si désastreuse.

Je le crus, ou j'en fis le semblant, n'ayant rien de mieux à faire en pareille circonstance. Il m'engagea à lui raconter la suite de mon entreprise de cette fatale nuit; et nos camarades de voiture rirent de bon cœur du récit des disgraces que cette entreprise amoureuse m'avait fait éprouver.

Le perfide, en feignant de me plaindre beaucoup, se promettait bien de m'en faire essuyer d'autres; et vous allez voir comment il s'y prit: Après notre souper, où le récit des mes aventures tragi-comiques avait égayé mes co-voyageurs et même les servans de l'auberge, il fût question de nous retirer pour dormir chacun dans nos chambres.

La fille gagnée par ce méchant personnage que mon malin génie avait apporté pour le remplacer auprès de moi, me conduisit à mon lit; me le bassina en cherchant par ses petits soins à s'insinüer dans ma confiance, et j'eus encore la sotte imprudence d'en être la dupe et de les lui bien payer. Elle m'engagea à dormir tranquillement jusqu'au lendemain qu'elle me viendrait réveiller à l'heure du départ de la diligence.

Je lui donnai déjà un petit à-compte, et lui promettant le double pour le lendemain, je me couchai et m'endormis en assurance, sur la bonne foi de cette fille qui me paraissait si bien disposée en ma faveur.

CHAPITRE IX.

Changement de Voiture.

La servante fut ponctuelle, et ne manqua pas à venir me retirer du lit, même avant qu'on eût attelé les chevaux; et portant le nouveau sac de nuit dont je m'étais muni depuis en remplacement de mon premier, elle me conduisit à la voiture où elle m'aida à monter, et reçut encore de moi la pièce pour le bon voyage qu'elle me souhaita.

On n'y voyait pas encore clair; je repris à tâtons une place dans un des fonds, comme je l'avais eue la veille; et en attendant le jour, je pensai qu'il était à propos de tâcher de ratraper encore une ou deux heures de sommeil. Le postillon fit claquer son fouet, les chevaux partirent au trot, et le mouvement nous berçant favorablement, nous ne tardâmes pas tous à refermer nos yeux qu'il était bien inutile de tenir ouverts, et nous nous assoupîmes, ou du moins j'en réponds pour ma part, car le soleil était déjà bien élevé quand je revins à même d'en prendre connaissance.

Je revis avec satisfaction, et je reconnus très-bien mon soleil de tous les jours; mais ce qui me surprit beaucoup, c'est que je ne reconnus ni la voiture ni les chevaux, ni aucun des personnages avec qui j'avais voyagé la veille. Bien plus je leur fis des questions, et je ne compris rien au baragouin que j'entendis en réponse.

Pour surcroît de surprise, mon réveil impromptu avait été occasionné par un violent cahot qui m'avait fait tomber sur mon voisin ; nos deux têtes s'étaient choquées rudement, et la sienne très-dure, avait offensé très-fort la mienne. Cependant, très-poli de mon naturel, malgré le mal que je ressentais, je crus devoir lui faire mes excuses ; mais il ne me répondit même pas, et ne donna pas le moindre signe de douleur ni de satisfaction de ce que je lui disais. Prenant son silence pour une moquerie, je le trouvais très-malhonnête, et j'allais lui témoigner mon mécontentement, lorsqu'en lui saisissant le bras pour m'assurer si peut-être il ne dormait pas encore, je connus bientôt la cause de son insensibilité. Ce monsieur muet était un mannequin, un automate en bois que l'artiste qui l'avait sculpté, allait présenter à l'académie.

Etourdi de toutes ces circonstances baroques que je ne concevais pas, j'appelai le conducteur de la voiture qui vint à ma réquisition ; mais c'était encore un visage nouveau pour moi, et le mien de même était inconnu pour lui. C'était bien là l'occasion de chercher à nous expliquer, mais comment y parvenir ? C'était un cocher suisse qui amenait de Zurich à Paris, trois autres suisses des Treize-Cantons, et qui entre eux quatre ne savaient pas quatre mots de français.

Par conséquent, demandes de ma part et réponses de la leur, tout cela se trouve absolument inintelligible pour chacun de nous, et nous serions restés toute la journée dans la situation des ouvriers de la tour de Babel, si le hasard n'avait fait passer dans ce moment, sur le chemin, un cavalier plus savant que nous, qui savait les deux langages... la science est toujours bien avantageuse !

Cet homme, après nous avoir écoutés quelque tems, et s'être amusé de notre embarras réciproque, eut la complaisance de nous expliquer qu'il n'y avait, ni enchantement, ni métamorphose, dans tout ce qui nous surprenait mutuellement. J'appris avec indignation, que le fait tout simple, était une bien double et triple trahison de ce malheureux voyageur de la veille, qui m'avait déjà primitivement percé d'un coup d'épée; secondement mis en faction la nuit sur un balcon; et qui troisièmement, s'était entendu avec la déloyale servante de l'auberge où j'avais soupé.

Celle-ci, perfidement, m'avait fait prendre le change au matin, en m'instalant dans cette berline suisse, qui allait à Paris, au lieu de me conduire à celle avec laquelle j'étais venu, et qui, partie peu après, avait continué sa route pour Lyon, où le diable voulait m'empêcher d'arriver... de sorte que par ce tour infernal, je manquais encore, pour la quatrième ou cinquième fois le but de mon voyage.

Enragé de tous ces contre-tems, et maudissant la voiture, les chevaux, les voyageurs, les servantes traitresses, et moi-même encore bien plus, je ne voulus pas, comme bien on pense, retourner plus long-tems avec mes quatre Suisses, pour regagner ce Paris où mon mauvais génie s'obstinait à vouloir me consigner malgré moi. Je me fis mettre à terre, et jurant contre mon cruel destin, je me jettai sur le bord d'un fossé, incertain si pour abréger ou couper court à la chaîne de mes guignons, je n'aurais pas plutôt fait de me noyer dans une petite rivière qui coulait à quelque distance.

J'étais absorbé dans les méditations les plus sinistres, lorsque le bruit d'une voiture qui s'avançait de mon côté, en roulant rapidement, me fit relever. J'allai à sa rencontre et d'un air égaré, j'eus encore la force de demander au postillon où il allait.

Il me sembla que le ciel me prenait en miséricorde, quand cet homme me répondit qu'il allait à Lyon.... à Lyon! m'écriai-je.... O mon Dieu! brave homme! sauvez-moi la vie, j'ai les raisons les plus pressantes pour m'y rendre au plutôt, et je vous payerai tout ce que vous demanderez, si vous voulez m'y conduire, ou du moins me faire rattraper en chemin, la diligence qui est partie ce matin, où j'ai payé ma place, et dont une ruse maudite m'a écarté.

C'était la voiture du courier de la poste et cet honnête homme me fit monter obligeamment. Je lui contai mon histoire; il en rit, parce qu'il est assez naturel de rire de la duperie des imbéciles qui se laissent attraper; mais il me plaignit et ne me rançonna pas.... ce qui est encore plus méritoire, car l'habitude malheureusement la plus générale, est de chercher à profiter du besoin et de la détresse des infortunés, que la délicatesse et l'honneur devraient plutôt engager à secourir....

Pour abréger, ce digne homme m'ayant fait entrer dans sa voiture, que par parenthèse, je ne trouvai pas très-douce, mais ce n'était pas sa faute, rattrapa la diligence de Lyon, à la dînée, et me mit à même d'y reprendre ma place. Il ne voulut même accepter de moi pour le payement de ma route, que le dîner que je le priai en grâce de me permettre de lui offrir et qui fut très-court, parce que son voyage était très-pressé.

Lui parti, je rejoignis les voyageurs de ma diligence, qui fort étonnés de me revoir ainsi, après ma disparution du matin, me plaisantèrent encore beaucoup, quand je leur eus appris le tour que la servante m'avait joué. Nous repartîmes après le dîner; mais, comme une dame survenue depuis mon erreur du matin, avait profité de la place que mon absence avait laissée vacante, je n'en pouvais plus trouver d'autre, pour continuer la route, qu'en me nichant dans le panier qui était sur l'impériale; j'y consentis, faute de mieux, et trop heureux encore, nous roulons de nouveau, et enfin j'ai retrouvé l'assurance de pouvoir cette fois arriver à Lyon....

Mais le diable, quand il vous guette vous pert-il jamais de vue?... Je fus toute la soirée moulu dans mon panier; je passais par là-dessus, et comme on dit, j'avalais la douleur, en voyant arriver le terme de mes souffrances.

Le lendemain était notre dernière journée, et nous devions enfin coucher à Lyon. Le jour se passe; le soir nous sommes aux faubourgs, nous entrons dans la ville, nous voilà déjà sous la grande porte de l'auberge, où notre voiture doit remiser. Je me relève dans mon panier, et je remercie St-Guignolet de ce qu'enfin me voilà rendu à bon port... Point du tout, mon implacable lutin m'attend là; il fait accrocher une des roues de la diligence contre une des bornes du passage; la secousse qu'elle éprouve, me fait dégringoler de dessus l'impériale, et je me démets un bras.

Je suis à Lyon quoique çà.... C'est déjà quelque chose.

CHAPITRE X.

Le Lavement.

Malgré le mal que je ressentais, je voulus avant de me faire panser, m'informer de ma malle. C'était toute ma fortune et je croyais que j'aurais plutôt consenti à perdre un bras, que les quatre cent cinquante louis après lesquels je recourais depuis si long-tems et avec tant de peine. Je courus donc plutôt à la messagerie qu'au chirurgien.

La satisfaction que j'eus d'apprendre que mon petit Pérou était arrivé et déposé au bureau, me fit oublier la moitié de ma souffrance. Je commençai par retirer cette tant désirée cassette, que j'avais si fort craint de ne plus revoir, et je la fis porter avec moi à l'auberge. Alors l'esprit plus tranquille, j'envoyai chercher un disciple de Saint-Côme, à qui je remis mon bras entre les mains.

Pendant le traitement, qui dura quinze jours, je restai continuellement dans ma chambre où je m'ennuyais beaucoup, n'ayant aucune société, et nul moyen de distraction. Je ne pouvais que repasser dans ma mémoire, tous les différens guignons qui m'avaient affligé jusqu'alors, et ce n'était pas là une occupation bien récréante...

Pour écarter ces désagréables ressources, j'avais pris l'habitude de causer avec une vieille femme, dont la mise annonçait la misère et qui logeait dans une espèce de grenier au-dessus de ma chambre; elle était entrée chez moi un soir, pour allumer sa lampe à ma chandelle ; je lui avais fait quelques questions sur la ville et ensuite sur son état ; elle me dit qu'elle était garde-malade, et s'offrit à me soigner. J'avais accepté avec plaisir, tant pour lui être utile, que pour me distraire par sa compagnie.

Un autre soir que nous étions à auser, je me sentis atteint d'une vioente colique; aussitôt elle m'engage prendre des lavemens, m'assure u'elle les donne à merveille, et vîte répare officieusement tout ce qu'il aut et va emprunter une seringue à 'hôte ; ensuite elle me fait mettre en osture, la tête bien enfoncée dans mon reiller et pousse la canulle, qu'elle vait adroitement placée. Mais après voir poussé d'un côté, elle tira aussi e l'autre.

Son opération terminée, tandis qu'elle me recouvrait d'une main en me faisant rester couché sur le ventre comme j'étais, pour mieux retenir le lavement, disait-elle, de son autre main, elle décrochait ma montre qui était au chevet de mon lit, et empoignait ma bourse que j'avais laissée sur ma table de nuit, puis elle me quitta après avoir souflé ma lumière, en me disant de bien reposer; que si j'avais besoin d'elle je frapperais à son plancher avec le manche d'un balai qu'elle mit auprès de moi. De-là elle reporta la seringue à l'hôte, et sortit de l'auberge sous prétexte d'aller chercher quelques drogues pour mon service.

Je passai la nuit assez tranquillement, et le lendemain en m'éveillant, ne me sentant plus de ma colique, je frappai au plancher pour appeler la bonne vieille, et la remercier du remède qu'elle m'avait administré si à propos. Elle ne descendit pas. Je me retournai dans mon lit pour regarder à ma montre l'heure qu'il était, je ne la trouvai plus.

Commençant à concevoir quelques soupçons, je cherche ma bourse où je devais encore avoir une douzaine de louis, de reste des cinquante que je n'avais pas enfermé dans ma malle... plus de bourse non plus. Inquiet au dernier point je m'habille, je descends chez l'hôte, et demande après cette femme. Il me dit qu'elle est sortie très-précipitament la veille, presque à la nuit, et qu'on ne l'a pas revue depuis.

Je lui conte que depuis la disparution subite de cette invisible, je n'avais pas revu non plus ma montre et ma bourse. Nous concluons alors que les trois objets absens étaient disparus ensemble, et l'un portant les autres ; pour ne plus reparaître. Et moi je conclus en mon particulier, que j'aurais mieux fait de garder ma colique, que de payer ainsi un lavement douze louis, et une belle montre d'or qui en valait au moins autant, et je jurai, mais encore trop tard, que je n'en reprendrais jamais aucun à ce prix... ni même quand on voudrait me le faire avaler *gratis*.

CHAPITRE XI.

Départ de Lyon.

Je sentis bien qu'il était inutile de vouloir attendre le retour de mon escamotteuse ou de courir après elle, et je pris le parti, en la maudissant de tout mon cœur, de sortir de Lyon, où mon désagréable séjour m'avait déjà coûté si cher. Je payai mon hôte, dont le mémoire, bien semblable à celui d'un apothicaire, pouvait encore passer pour un autre bien chaud lavement, sauf que je l'avais pris par un autre côté...., et je partis enfin dans la diligence de Marseille.

Je fais grace encore à mon lecteur, d'une infinité de nouveaux guignons qui marquèrent tous les instans de ce dernier voyage, pour ne lui parler que de celui qui signala mon entrée dans cette ville où je devais dire adieu à l'Europe.

Notre voiture étant arrivée d'assez bonne heure, et désirant employer agréablement mon tems jusqu'au souper, je voulus m'aller promener sur le port. Un de nos compagnons de route proposa de m'y accompagner. Je l'acceptai avec plaisir, parce que cet homme était de bonne société et qu'il connaissait la ville, où il avait déjà fait plusieurs voyages.

Après avoir fait quelques tours ensemble, et admiré la prodigieuse quantité de vaisseaux de tous pays, qui déployaient tous leurs différens pavillons, mon compaguon s'arrêta à lire une affiche de spectacle. Comme on devait jouer une pièce nouvelle, la curiosité le porta à l'aller voir, et il m'engagea à prendre ce divertissement avec lui.

Avant de nous décider, il me demanda l'heure qu'il était pour voir s'il était encore tems. Je tirai ma montre; il la loua beaucoup sur-tout si était aussi bonne qu'elle paraissait belle; il l'examina, et voyant qu'elle était de l'Epine, horloger en grande réputation, il me demanda si je l'avais achetée à Paris. Je lui dis que je l'avais achetée dernièrement à Lyon, pour en remplacer une qui m'y avait été volée. Je remis ma montre dans mon gousset, et nous partîmes pour le spectacle.

Comme en voyageant on épargne assez volontiers, nous nous contentâmes de prendre deux places de parterre. La nouveauté avait attiré beaucoup de monde, et nous y fûmes extraordinairement pressés.

Pendant un entr'acte, mon compagnon sortit pour un besoin, et pour prendre un peu l'air ; il voulut m'engager à faire comme lui ; mais craignant de perdre ma place, et ne me sentant aucune nécessité, je préférai de rester.

Après un autre acte, la foule m'incommodant beaucoup, et mon camarade n'étant pas revenu, je me décidai à sortir aussi pour aller le rejoindre. Pendant le mouvement que je fis pour cela, un monsieur de fort bonne mine s'écria : « Je suis volé ; on » vient de prendre ma montre. » Aussitôt un autre homme, que j'avais déjà senti me serrer plusieurs fois, me repoussa en criant de même : « Et » moi aussi, on vient de me prendre

» la mienne, et ce ne peut être que » ce particulier-là qui veut sortir. » Qu'on l'arrête » ajouta-t-il en me montrant et m'arrêtant lui-même.

Tout étourdi de cette insolente apostrophe, je ne sus d'abord que répondre, sinon qu'on se trompait, que j'étais un honnête homme ; mais on m'enveloppe, on me serre et l'on me fouille. Juste ciel, quelles furent ma surprise et ma consternation lorsqu'en effet deux montres se trouvèrent dans une des poches de côté de ma culotte! Ne concevant rien à cette incroyable aventure, je restais muet et pétrifié, tandis que les deux hommes réclamaient chacun leur montre, en désignant la forme et le nom de l'horloger. Ce qui m'étonnait le plus encore, c'était d'entendre un des deux qui désignait la sienne justement comme était la mienne. Leurs réclamations paraissant si bien fondées, on leur rendit à chacun celle qu'il disait lui appartenir, et l'on m'entraîna en me chargeant de coups et des épithètes les plus injurieuses hors du parterre, où l'on me remit entre les mains de la garde, qui, sans vouloir rien écouter de moi pour ma justification qui paraissait impossible devant tant de témoins du fait dont m'accusait, me força à coups de bourrades à marcher en prison. Quelques-uns même opinaient, vu la commodité et proximité de la chaîne qui était dans cette ville, de me traîner tout de suite au bagne des galériens.

Me voilà donc pour le dénouement de la comédie que j'avais été voir, enfermé dans un cachot. J'y passai toute la nuit avec la cruelle perspective d'être le lendemain condamné aux galères.

Je ne comprenais rien dans ce diabolique évènement, et me rappelant qu'un des deux hommes avait réclamé une montre de l'Epine parfaitement semblable à la mienne, je voulus la tirer pour m'assurer de cette ressemblance; mais faisant réflexion que c'était impossible, puisque je n'y voyais goûte, je me dis au moins : comme elle est à répétition, je la ferai sonner, et ce sera pour moi une distraction de compter les heures; mais je ne l'avais plus.

Cela me rappela alors différentes circonstances de cette malheureuse après-dînée; les poussades que cet homme m'avait faites pendant le spectacle, et la manière brusque dont il m'avait saisi lui-même le premier.

Je me ressouvins aussi qu'en ce

moment je venais de sentir sa main le long de ma cuisse, et cela commença à me faire soupçonner une partie de la vérité. Je ne doutais déjà plus que ce ne fût lui qui m'eût volé ma montre. Mais comment s'en était-il trouvé deux autres dans ma poche?... Je l'ai su après; mais c'est ici la place de l'expliquer au lecteur.

Pendant que je me promenais sur le port avec mon compagnon, nous avions été suivis et observés par un de ces habiles filoux, qui, dans les grandes villes, sont toujours à l'affut des nouveaux arrivans. Il m'avait vu tirer ma montre, en avait bien remarqué la forme, m'avait entendu la déclarer pour être de l'Epine. Ayant soudain formé le dessein de se l'approprier, il nous avait suivis au spectacle, où il s'était collé contre moi. Au moyen de la presse que lui et ses pareils y occasionnaient, il avait subtilement réussi à me l'escamoter ; mais n'étant pas content d'une seule pour sa soirée, il avait encore enlevé celle de l'autre monsieur qui était à côté de moi.

Celui-ci s'étant apperçu du vol, avait crié. Mon filou, pour ne pas se trouver nanti des preuves de son larcin, avait adroitement profité du mouvement que je faisais pour sortir, et m'avait reglissé les deux montres dans ma poche. Mais combinant encore habilement qu'il trouverait là l'occasion d'écarter de lui le soupçon et de rattraper une des deux montres, il avait aussi crié au voleur sur moi, et m'avait arrêté. Ensuite, se souvenant du signalement de la mienne, qu'il m'avait bien écouté faire, il l'avait réclamée, et on l'a lui avait rendue : puis, profitant du tumulte, il s'était esquivé sans demander son reste.

Voilà ce que j'appris le lendemain.

CHAPITRE XII.

Suite de l'Aventure. Je quitte Marseille.

Ayant retrouvé un peu de tranquillité d'esprit, je pensai à écrire à l'aubergiste chez qui j'avais déposé ma malle en arrivant, et au voyageur qui m'avait conduit au spectacle où il m'avait quitté si malheureusement. Je leur marquais mon aventure, et les priais de venir me rendre témoignage, suivant ce qu'ils savaient de moi; et pour que le guichetier que je chargeai de la porter, ne fût pas tenté de me tromper en ne faisant pas ma commission, j'écrivis sur la lettre de donner pour mon compte six francs au porteur, indépendamment de ce que je lui promis encore à son retour.

Je ne sais pas trop ce que cela aurait pu produire d'avantageux pour moi, si par un coup du hasard, un excès de scélératesse n'eût servi à prouver mon innocence. Le voleur de ma montre, par un surcroît d'effronterie, voulut tirer encore un plus grand parti du tour indigne qu'il m'avait joué.

Comme il avait aussi appris sur le port, en écoutant ma conversation avec mon camarade, et mon nom, et que ma malle était restée à l'auberge de la messagerie, il eut l'audace d'y aller comme maître d'une autre hôtellerie où j'étais couché, accompagné d'un second filou, son accolite, costumé en chef de cuisine, et d'y demander de ma part, ma malle et mes effets.... Il s'autorisait d'un billet qu'il avait fabriqué en quatre mots, et faisait voir, à mon ami qui la connaissait bien, ma montre que, disait-il, je lui avais confiée pour preuve.

Mon hôte, dans la bonne foi, allait livrer ma malle; mais le brave homme à qui je venais d'écrire le détail de ma fâcheuse histoire, et qui en achevait la lecture au moment où les fripons entrèrent, les ayant écoutés attentivement, crut voir du louche dans ces deux messages de ma part et si contradictoires. Il saisit au collet un des deux hommes qui réclamaient ma malle, en disant à l'aubergiste d'arrêter le second et de faire fermer les portes. Mais celui qui avait ma montre, plus alerte, s'échappa avec.... l'autre, qui n'en put faire autant, fut conduit devant les juges. Interrogé, convaincu, condamné, et ayant déclaré le détail que je vous ai fait plus haut, à la charge de son complice fugitif, je fus innocenté, et je sortis de la geole.

Mais j'en fus encore pour les bourrades que j'avais reçues, pour une cruelle nuit de prison, pour l'humiliation publique que j'avais éprouvée, et pour ma montre que le damné voleur m'avait emportée si effrontément. Aussi je jurai bien de n'en plus jamais acheter, puisque l'on m'en défaisais toujours à si bon marché.

Cette première épreuve de mon bonheur, dans une ville où je n'avais encore passé que vingt-quatre heures, me dégoûta au point que j'en voulus partir au plus vîte. J'allai m'informer s'il y avait un navire en chargement pour le Cap-Français : on m'en indiqua un qui devait partir le sur-lendemain. Je fis marché pour mon passage avec le capitaine, et dès le même jour j'y fis transporter mon bagage, craignant, si je couchais à terre une nuit de plus, d'y être encore volé, battu et emprisonné.

CHAPITRE XIII.

Je m'embarque. Malheurs sur malheurs. Je suis fait prisonnier.

Le vent étant favorable, nous mîmes à la voile au jour indiqué. Notre navigation fut d'abord très-heureuse, à l'exception pour moi, que n'ayant encore jamais mis le pied dans un vaisseau, le roulis du nôtre m'incommoda beaucoup. J'eus ce qu'on appelle le mal de mer, dans la plus grande force : des maux de cœur affreux me réduisirent à l'extrémité ; mes défaillances devenaient continuelles et très-longues, de sorte qu'un jour, étant resté sans connaissance et sans mouvement pendant plusieurs heures, on me crut absolument trépassé.

Du moins, le capitaine à qui j'avais beaucoup recommandé ma malle, s'imaginant qu'elle contenait des richesses, et voyant que je n'avais aucune connaissance sur son navire, se persuada qu'il lui serait facile d'hériter de moi : en conséquence, se trouvant intéressé à me croire mort véritablement, comme il le désirait, il avait pressé le chirurgien de me faire ensevelir.

Déjà j'étais cousu dans un drap, et l'on me remontait de l'entre-pont pour me poser sur la planche qui devait me glisser dans la mer, sépulture ordinaire de tous ceux qui meurent dans les vaisseaux, et qui sont dévorés en gros par les poissons, au lieu d'être mangés en détail par les vers de la terre...... et je n'aurais jamais vu l'Amérique.

Par un hasard heureux et malheureux tout à-la-fois, un des matelots qui me montait sur le tillac, fit un faux pas, et me laissa retomber de sept à huit pieds de haut dans le fond du navire. Cette violente chûte, *par bonheur* me fit revenir de mon engourdissement léthargique, mais *par malheur* me cassa un bras.

Me revoyant vivant quoique estropié, on remit de côté la planche qui devait m'envoyer servir à dîner aux requins; on me reporta sur un lit : le capitaine me fit des excuses assez gauches de ce qu'il m'avait cru mort; et moi, je lui fis des remercîmens assez maussades de ce que sa promptitude à *m'enmerrer*, car je ne pouvais pas dire à *m'enterrer*, m'avait sauvé mon corps aux dépens d'un bras.

On voit, par cet échantillon, que mon lutin ne me ménage pas plus sur un élément que sur un autre, et que mon *patron Guignolet* ne m'y défend pas mieux.

Il y avait déjà huit autres jours que je souffrais sur mon lit de cette nouvelle maladie. Le tems était toujours bon: tous les passagers étaient contens, et moi seul je me désolais...... lorsqu'un second malheur, en punissant le perfide capitaine, me fut encore plus sensible en m'enveloppant dans sa digrace.

Nous fûmes rencontrés par une frégate anglaise qui nous canonna et nous aborda. La supériorité de ses forces rendit notre résistance inutile; elle s'empara de notre navire. Le capitaine fut tué, et tout l'équipage fut fait prisonnier de guerre et mené en Angleterre.

Me voilà donc encore estropié de mon bras, ayant perdu toute ma fortune, et renfermé dans les prisons d'un pays ennemi.

Certes, il n'y avait pas là de quoi remercier mon étoile.

CHAPITRE XIV.

e suis échangé. Je me rembarque sur un vaisseau espagnol.

Je ne puis exprimer ce que j'eus à ouffrir dans cette prison. Confondu vec nombre de matelots, encore lessé, mal nourri, mal pansé, et 'ayant plus rien pour me procurer e moindre adoucissement à tous mes naux..... Hélas! comment pouvais-je ompter alors mes guignons? Chaque nstant de cette terrible captivité n'en 'tait-il pas un plus poignant encore, uisque chaque jour je désirais que a mort m'en délivrât tout d'un coup?

Enfin, un parlementaire fut expédié. La France et l'Angleterre traitèrent de l'échange des prisonniers, et je recouvrai la liberté de retourner en mon pays.

Mais dénué de tout, sans un sou, sans vêtemens même, car un sarreau de matelot était tout ce qu'on m'avait laissé en place de mes habits et de mes effets, n'ayant plus en France personne de qui je pusse attendre des secours.... je n'eus d'autre idée que celle d'essayer à repasser en Amérique, où j'avais du moins encore l'espérance de trouver mon oncle.

Il y avait dans le port un vaisseau espagnol prêt à partir pour une des colonies de cette nation; comme c'était toujours aller en Amérique, je me décidai à y solliciter mon embarquement en offrant, pour gagner mon passage, de servir pendant la traversée en qualité de matelot, dont je portais le triste costume. Je fus accepté et je partis sans pouvoir espérer que ce fût sous des meilleurs auspices que la première fois.

Tant qu'il n'y eût pour soutenir et remplir mon désagréable rôle, qu'à tirer sur les cordages, je m'en acquittai de tout cœur, et j'avais déjà les mains écorchées et pleines d'ampoules et de cloches; mais je ne renonçais pas et je dévorais ma douleur, espérant être délivré bientôt d'un aussi rigoureux esclavage, et chaque nouveau jour, en abrégeant le terme de notre voyage, m'apportait une faible consolation.

Pendant une manœuvre où il fallut monter après les haubans pour aller au haut des mâts serrer des voiles, un officier marinier voyant que je restais sur le pont derrière les autres matelots, parce que n'entendant rien à cet exercice, je n'osais pas m'aventurer à aller voltiger en l'air comme un écureuil, vint à moi, et m'appliquant plusieurs coups de corde, me força à grimper.

Absolument inhabile à ce métier, et ne sachant à quoi m'accrocher, je n'eus pas essayé de m'élever à la hauteur de six pieds, que je retombai lourdement sur le pont, où le brutal contre-maître vient encore pour me relever à force de coups.

Un Français passager sur ce navire, touché de compassion, s'approcha à mes cris pour adoucir celui qui me frappait, en me reprochant ma maladresse. Pour m'excuser, j'expliquai à mon protecteur ma malheureuse situation, mon inexpérience dans le genre de travail des matelots, et les infortunes qui m'avaient contraint à m'engager comme tel, en ajoutant les motifs qui me faisaient passer en Amérique.

Ce brave homme était un colon de Saint-Domingue; retenu en Angleterre, il avait, comme moi, voulu profiter de l'occasion du vaisseau espagnol pour se rapprocher du lieu de ses possession. Mon récit le frappa et l'intéressa. Il avait connu mon père dans ses voyages en Europe, et avait entendu parler de mon oncle en divers endroits de l'Amérique.

Il eut la générosité de me proposer de m'attacher à lui dès ce moment; il paya mon passage au capitaine; et me faisant rayer de dessus le rôle des matelots de l'équipage, il m'habilla plus convenablement que je ne l'étais pour un homme qu'il allait admettre dans sa société.

Il me fit tendre un hamac dans la chambre particulière qu'il payait dans le navire, et j'achevai cette traversée que j'avais commencée si péniblement, en me louant de son humanité et en cherchant tous les moyens possibles de lui témoigner ma reconnaissance.

Le vaisseau sur lequel nous étions devait relâcher à la Martinique, et mon protecteur n'avait retenu et payé son passage que jusques-là, assuré qu'il se trouverait bientôt des occasions pour se rendre au Cap-Français qui était aussi le lieu de ma destination.

Quelques jours de bon vent nous y conduisirent. Il prit congé du capitaine espagnol, et moi du brutal contre-maître qui m'avait si peu ménagé les côtes; et suivant mon généreux Français, je passai à terre une semaine avec lui, au bout de laquelle un navire, qui partait pour Saint-Domingue, nous emmena tous les deux.

CHAPITRE XV.

J'arrive à St.-Domingue. Mon oncle est mort.

CETTE traversée fut plus heureuse; et sous la protection du digne homme qui m'avait pris en amitié, je n'éprouvai plus aucun désagrément. Je me croyais déjà réconcilié avec la fortune. Mes idées devenaient riantes, je me voyais retrouvant un oncle très-riche, recevant de lui le plus tendre accueil, tel que la nature devait lui inspirer de le faire au fils d'une sœur qu'il avait tendrement chérie.... Enfin, mon imagination se repaissait d'avance des chimères les plus agréables....

Mais hélas! le sort perfide ne semble nous flatter quelquefois que pour mieux nous accabler ensuite de ses rigueurs! .. Nous débarquons à St.-Domingue: mon premier soin est de m'informer de mon oncle..... Peine inutile ; j'avais fais vainement un voyage si désastreux, passé par tant de maux incalculables !

Mon oncle, après ses longs voyages, revenu dans cette île avec une immense fortune, y était mort six mois avant mon arrivée, qui aurait eu lieu à tems, si le diable n'avait pas pris à tâche de me retarder en route par mille incidens plus fâcheux pour moi les uns que les autres. Y ayant retrouvé quelques parens éloignés, et circonvenu par ces gens intéressés, il leur avait laissé toute sa succession, sans penser à un neveu dont il n'avait plus de souvenir ou dont il ne croyait plus à l'existence, tandis que ce même pauvre neveu avait risqué dix fois la mort pour venir lui rendre des soins et soulager et servir sa vieillesse.

Ces avides collatéraux ; si heureusement et si promptement enrichis, avaient été plus prompts encore à quitter le pays, en emportant les trésors du défunt, et ils étaient disparus sans laisser aucune connaissance du lieu où ils allaient les cacher et les dévorer.

Je me trouvai donc sans aucune ressource ni espérance, dans une partie de terre inconnue pour moi et que j'étais venu chercher au prix de tant de périls et de tant de souffrances.

Le généreux Français qui m'avait secouru dans le vaisseau espagnol, et qui avait eu la bonté depuis, de se charger de mon sort, fut encore très-sensible à ma déplorable situation ;

ayant reconnu depuis que je le fréquentais, que j'avais quelques connaissances, de l'intelligence, de l'activité, et sur-tout de la bonne volonté naturelle.... outre que le malheur devait bien actuellement m'en commander davantage, ne voulut point m'abandonner dans ma détresse.

Il était propriétaire d'habitations et de plantations très-considérables ; il me proposa de rester sur ses terres, et de les régir en qualité d'économe, ou d'homme d'affaires ; pour m'encourager même, il porta la bonté, car c'était un excellent homme, jusqu'à me dire qu'il me mettrait au fait lui-même ; qu'il ne me demandait que de m'éprouver à cet emploi pendant une année, pour laquelle il me fixait un traitement fort honnête ; et que si au bout de ce tems nous ne nous convenions pas, il me procurerait les moyens de repasser en Europe.

Il n'aurait pas pu faire plus pour un parent très-proche. Je fus pénétré de ces preuves non méritées de sa bienveillance; je jurai que par mon zèle au moins et mon sincere attachement, je ne lui donnerais jamais lieu de se repentir d'une prévenance et d'une confiance si obligeantes pour moi.

Il m'instala donc dans ses habitations, eut la complaisance de me donner des notions et des leçons dans tous les genres d'administrations de toutes les diffétentes parties de son commerce et de l'exploitation de ses terres. Je fis des progrès dans ces diverses connaissances. Le devoir et l'honneur excitaient mon émulation; mes facultés, en s'exerçant, se développèrent et s'agrandirent, et j'eus le bonheur, et lui la satisfaction de voir qu'en peu de tems mes succès commençaient à répondre aux espérances avantageuses qu'il avait conçues de moi.

CHAPITRE XVI.

Je rends un grand service à mon protecteur.

Je passai de cette manière une année chez monsieur Blinville, ainsi se nommait le mortel bienfaisant qui m'avait recueilli dans ma misère; il me comblait de bontés, qu'il avait la délicatesse de dire que je méritais de plus en plus; de mon côté je lui étais si fortement attaché que rien ne me pouvait sembler impossible ou seulement difficile pour le contenter. J'avais pour lui le même respect et la même tendresse que j'avais eus pour mon père, et j'en étais bien récompensé.

Comme j'avais établi une excellent ordre dans la conduite de tous ses nègres, dans la distribution et la surveillance des différens travaux qu'exigeait la culture de ses terres, et qu'il avouait que son bien était amélioré depuis que j'en avais la direction, il voulut augmenter le traitement honnête qu'il me faisait déjà, et me donner en sus, une part dans le bénéfice dont il était, disait-il, redevable à mes soins.

Ainsi loin de penser à nous quitter l'un l'autre, après cette année d'épreuve, nous ne nous trouvâmes que beaucoup plus décidés mutuellement à passer ensemble un long bail. Quant à moi, je n'avais certainement rien de mieux à faire.

Outre la reconnaissance qui m'attachait à lui, je me voyais l'assurance de pouvoir m'amasser de quoi me procurer un certain bien-être qui, par la suite, m'aurait mis à même de faire quelques entreprises de commerce, ou d'exploiter avantageusement des terreins pour mon compte.

Je m'appliquai donc plus vivement encore à augmenter et à perfectionner mes connaissances dans tous les détails de ces deux moyens de fortune. M. Blinville m'applaudissait de mes succès, moins pour les bénéfices qu'ils lui produisaient que pour le vértiable intérêt qu'il prenait à moi.

J'avais pris l'habitude de faire régulièrement tous les six mois une tournée générale sur ses habitations. Cette époque étant arrivée, j'étais parti depuis quelques jours, et je m'en revenais à notre demeure ordinaire. C'était sur le midi d'une journée fort chaude, je traversais un bois très fourré, lorsque sur la lisière je crus entendre des cris étouffés. J'avance vivement du côté d'où ils partaient, et j'ai la douleur de reconnaître M. Blinville, la bouche serrée avec son mouchoir, et les bras liés, entre les mains de quatre nègres marons qui l'entraînaient.

Mon attachement pour lui l'emporte sur la crainte du danger certain que je vais courir moi-même, il redouble mes forces; et sans calculer l'impossibilité qu'il paraît y avoir que je vienne à bout de quatre hommes aussi déterminés que ces scélérats-là, je m'élance sur eux avec la rapidité de l'éclair; j'enfonce un couteau de chasse que je portais toujours dans mes courses, dans le corps d'un nègre qui avait le fusil de M. Blinville, et je le lui arrache; du même tems je perce un de ceux qui tenaient mon pauvre maître. Les deux autres fondent sur moi pour m'enlever l'un le fusil, l'autre mon couteau de chasse. Je recule, et d'un coup de crosse dans le ventre j'abats le premier; le dernier resté seul, et me voyant si bien armé et furieux, prend le parti de fuir et se sauve à toutes jambes à travers le bois.

M. Blinville, saisi par la frayeur, était tombé à terre où il restait sans mouvement. Je cours à lui, le détache, le lève sur son séant, et je lui fais boire un peu d'eau-de-vie d'une gourde dont je me précautionnais pour mes voyages.

On peut juger quel fut son étonnement, et même sa terreur, en me voyant couvert de sang, ne me reconnoissant pas encore, et appercevant autour de nous les trois cadavres des malheureux dont je l'avais délivré.

Ses sens commençaient à se remettre, et les miens faiblissaient alors. Je frémissaiss en réfléchissant à l'énormité du péril qu'il avait couru. Je lui pris les mains et les baisai en les mouillant de mes larmes; je lui demandai par quelle fatale circonstance il s'était trouvé si éloigné de chez lui, au pouvoir de ces monstres.

En me reconnaissant, il me serra dans ses bras, me bénissant et m'appelant mille fois son sauveur. Il me dit qu'il s'était levé de très-grand matin pour prendre le plaisir de la chasse, et que la poursuite du gibier l'avait fait aller beaucoup plus loin qu'il n'avait pensé. Que se sentant fatigué et accablé par la chaleur il s'était assis au bord du bois où il s'était assoupi; qu'il ne s'était réveillé qu'en se sentant lier les bras, et qu'alors il s'était vu entre quatre scélérats qui, après lui avoir fermé la bouche avec son mouchoir, l'avaient entraîné pour le massacrer dans le bois et peut-être même le dévorer.

Il ne pouvait pas revenir du bonheur qui m'avait amené si à-propos à son secours, du courage que j'avais eu d'attaquer seul ces quatre monstres, et moins encore de ce que j'avais pu en triompher.

Je lui répondis que c'était le ciel qui, s'intéressant à la conservation d'un homme aussi vertueux que lui, avait redoublé la vigueur de mon bras; mais que dans tous les tems mon cœur me porterait à sacrifier mes jours pour sauver les siens. Il m'embrassa bien affectueusement, et nous reprîmes le chemin de son logis.

CHAPITRE XVII.

Je le sauve d'un autre danger.

M. Blinville avait une fille unique dont je n'ai pas encore eu occasion de parler. Cette demoiselle âgée de près de dix-huit ans alors, née à Saint-Domingue, pouvait passer pour une fort jolie personne; mais soit par l'effet de son caractère, soit par fierté de la grande richesse de son père, elle avait toujours eu l'air de me regarder jusqu'alors d'une manière très-froide, je dirais presque même dédaigneuse, malgré mes prévenances de politesse et l'attachement respectueux que je lui témoignais comme à la fille de mon bienfaiteur.

A notre retour du bois dangereux, son père lui rendit compte du malheur qui avait failli la priver de lui d'une façon si cruelle, de l'obligation qu'il m'avait, et de la bravoure héroïque dont j'avais, disait-il, fait preuve en exterminant trois bandits qui l'emmenaient, et en mettant en fuite le quatrième.

Il prit de-là occasion de lui reprocher la froideur qu'il avait remarquée qu'elle avait toujours eue pour moi, et de lui faire sentir que loin d'être jalouse ou mécontente de son amitié pour un homme aussi estimable que moi, elle devait être la première à l'engager à en redoubler les preuves à mon égard, et qu'elle ne pouvait lui montrer plus d'affection à lui-même, qu'en partageant les sentimens que je lui avais inspirés, et que je méritais si bien.

La demoiselle parut approuver ce que son père lui disait en ma faveur ; et de ce jour elle me traita avec moins de hauteur. Elle s'humanisa même jusqu'à causer quelquefois avec moi, ce qui ne lui était jamais arrivé. J'y fus très-sensible, et je m'attachai davantage à lui inspirer de favorables dispositions pour moi, sans pourtant, malgré sa beauté, avoir la moindre intention d'élever mes vœux jusqu'à une personne que sa grande fortune et l'humble dépendance de mon sort me forçaient de considérer si au-dessus de moi.

Le bruit de l'accident de Blinville s'était répandu dans la colonie. Comme il était généralement estimé, cela lui amena beaucoup de visites et de félicitations ; et ce digne homme faisait si chaudement mon éloge à ce sujet, qu'il donna à tous les Colons la meilleure opinion de moi ; et sa fille même voyant la considération que cela m'attirait, m'en témoignait aussi et voulait bien joindre ses louanges à celles de son père.

Ma situation devenait de plus en plus flatteuse, et je commençais à espérer que les guignons ne me tourmenteraient plus, lorsqu'un nouvel incident pensa me priver de mon protecteur, et servit à me mettre encore plus avant dans ses bonnes graces.

Un jour qu'il avait voulu s'entretenir avec moi d'une nouvel opération qu'il voulait faire, nous nous promenions en cotoyant une petite rivière assez profonde qui coulait le long d'une savanne, où différens bestiaux étaient à paître. Un cheval entendant hennir uue jument à quelque distance de lui, rompit son attache pour courir à elle, et passa en galoppant si près de nous, que M. Blinville effrayé, fit un faux pas en voulant s'écarter promptement, et tomba dans la rivière.

Je ne savais pas nager; mais ne pouvant être insensible au danger de ce brave homme à qui je devais tant, je me précipitai après lui, et le saisis par son habit; cependant nous aurions péri tous les deux si un heureux hasard ne nous eût pas fait tomber justement auprès d'un mauglier assez fort (c'est un arbre du pays qui croit dans l'eau.)

L'intérêt que je prenais à mon cher bienfaiteur, me donna sûrement plus de présence d'esprit que je n'en aurais eu pour moi seul. Je m'accrochai d'une main à une des branches, et soulevant de l'autre monsieur Blinville, le plus que je pus, je l'aidai à en attraper une autre. Ensuite nous élevant autant qu'il nous fut possible le long de cet arbre, nous parvinmes à n'avoir plus que les jambes dans l'eau.

Mais notre position était cruelle. a rivière était rapide; monsieur Blinville affaibli par la peur, avait peine à e tenir à sa branche. Je faisais tous nes efforts pour le supporter, mais je voyais qu'il allait lâcher.

Dans cette appréhension, je risquai de me rabaisser par-dessous lui, pour pouvoir le soutenir sur mes épaules. J'étais ainsi plongé plus qu'à moitié du corps dans la rivière, et je sentais que mes forces ne me suffiraient pas encore long-tems. Je me mis à pousser des cris aigus pour appeler à notre secours.

Fort heureusement ils furent entendus par des nègres qui pêchaient dans une pirogue bien au-dessus de nous. Ils vinrent à ma voix, car ils ne nous apperceevaient pas enlacés dans les branches de notre arbre. Ils nous découvrirent enfin, nous entrèrent dans leur pirogue et nous remirent à terre, où je leur donnai pour remerciment tout ce que j'avais sur moi, car monsieur Blinville était hors d'état de parler.

Quand il fut tout-à-fait remis, il se jetta à mon cou, me disant que j'étais son ange gardien, destiné à lui sauver toujours la vie; qu'il ne voulait jamais se séparer de moi, que désormais il m'adoptait pour son fils et allait partager avec moi toute sa fortune.

Le lecteur me dira sans doute que ce ne sont pas là des guignons? Il aura une apparence de raison. Mais ne sait-il donc pas, ou ne réfléchit-il pas d'avance que le malheur le plus piquant, le plus dur à supporter, c'est celui qui, en contrariant toutes nos espérances, nous arrive à la suite des probabilités qui semblaient devoir assurer notre bonheur ? Il va voir à quoi aboutirent toutes ces favorables dispositions d'une étoile trompeuse.

CHAPITRE XVIII.

Reconnaissance de M. Blinville.

Je fus long-tems malade des efforts que j'avais faits dans cette occasion et d'être resté si long-tems tout en sueur, à moitié corps dans l'eau pour en éloigner tout-à-fait monsieur Blinville.

J'eus la fièvre, le transport, et je fus en danger pendant plus de six semaines, après lesquelles encore ma convalescence fut très-longue et sujette à des rechûtes douloureuses.

Mon patron vivement affecté de cette dernière preuve que je lui avais donné de mon sincère attachement, vint me voir un matin dans ma chambre, quand je commençai à être bien rétabli. Il n'avait pas passé un jour sans me visiter exactement, pendant toute ma maladie; mais trop sensiblement touché de ma situation, sans entrer dans aucune explication, il ne m'avait manifesté le tendre intérêt qu'il prenait à moi, que par l'assiduité des soins les plus affectueux.

Cette fois, son intention était de m'ouvrir le fond de son cœur et de me donner le témoignage le plus parfait de son amitié et de sa reconnaissance: « Mon cher ami, me dit-il, » déjà » je vous ai déclaré que je vous re- » gardais comme mon fils, et que je » ne voulais plus vous appeler que » de ce nom. Je dois à votre activité, » à votre intelligence, une grande aug- » mentation dans mes biens, et je dois » à votre courage, à votre généreux » dévouement, la conservation de » mes jours que vous avez sauvés

» deux fois en exposant les vôtres.

» Je ne puis payer dignement de
» tels services, mais au moins ce qui
» est en mon pouvoir, je viens vous
» l'offrir, et vous me causeriez un
» sensible chagrin, si vous ne l'ac-
» ceptiez : c'est de me promettre de
» ne jamais me quitter, et de con-
» sentir à m'appeler votre père, en re-
» cevant la main de ma fille et toute
» ma fortune pour sa dot. »

Confondu d'une proposition si généreuse, et si fort au-dessus de toutes mes espérances, j'avais de la peine à me persuader que le bonheur que l'on m'offrait n'était pas une illusion, et dans le trouble et l'incertitude de mon esprit, j'hésitais à répondre à ce digne homme, en le regardant avec des yeux égarés....

» Eh quoi! ajouta-t-il, trouveriez-
» vous des difficultés à me faire le

» plaisir que je vous demande ? Ma
» fille vous semble-t-elle si dépourvue
» d'agrément, qu'il vous soit impos-
» sible de l'aimer ? »

» Ah ! mon cher et respectable pro-
» tecteur ! lui répondis-je, excusez
» mon silence. Il n'est que l'expression
» de la surprise qu'une faveur si inat-
» tendue, et si fort au-dessus de mon
» peu de mérite, me cause. J'ai peine
» à croire à l'excès de mon bonheur,
» et loin de me juger digne de vos
» bontés, et bien plus encore, ou d'o-
» ser aspirer à la main de votre fille,
» ou de ne pas me regarder comme
» trop honoré si elle-même daignait
» m'accepter pour époux, je n'ai que
» l'intime persuasion que je ne dois
» pas me flatter d'optenir son consen-
» tement à la félicité que votre trop
» extrême indulgence pour moi vous
» engage à m'offrir. »

Il me dit de me rassurer de ce côté, que sa fille, dont il avait sondé les sentimens à mon égard, outre l'obéissance qu'elle avait pour ses volontés, et la reconnaissance qu'elle croyait me devoir comme au sauveur de son père, savait apprécier mes bonnes qualités. Que d'ailleurs, jeune et aimable comme je l'étais, (pardon, cher lecteur, si je répète ces complimens d'un homme que sa tendresse pour moi rendait trop favorable....) Enfin, que si je m'étais permis la moindre démarche pour m'acquérir son cœur, il était plusque persuadé qu'elle n'aurait pas reçu mes vœux avec indifférence, mais qu'il m'engageait à les lui faire entendre, et qu'il voulait qu'avant trois mois notre hymen fût célébré.

Pressé d'une manière si amicale, sur un objet qui aurait été le but des désirs du plus riche habitant de la colonie, je crus pouvoir me hasarder à faire ma cour à la belle Créole et à tâcher de réussir à lui faire approuver un amour que le respect seul m'avait gardé jusqu'à ce moment de lui laisser soupçonner; que je m'étais même efforcé par prudence, d'empêcher de prendre trop d'empire sur mon cœur, mais que les encouragemens de son père y ranimait avec plus d'ardeur.

Je ne me flatte pas que la demoiselle ait eu véritablement du goût pour moi; peut-être la soumission seule aux volontés de son père, la décida à écouter les protestations de ma tendresse; d'ailleurs, elle savait que je me nommais *Bon homme* de père en fils; elle voyait que j'étais d'une bonne pâte; elle put supposer que je serais un bon mari, et sans promettre d'être une bonne femme, elle se détermina à me prendre, comme on dit, pour lui servir d'une bonne couverture, ou si l'on aime mieux d'un chaperon dont une femme galante a toujours le besoin.... Et elle l'était. Je ne tardai pas à m'en appercevoir, et on le saura bientôt aussi.

Quoiqu'il en fut, nos noces se célébrèrent avec magnificence; tous les premiers de la colonie y furent invités; mon brave beau-père fit les choses avec splendeur. Je reçus des complimens de toutes les vieilles gens, sur ma bonne conduite et sur mon bonheur; et mon épouse en fut comblée de tous les jeunes, sur sa beauté.

Les officiers d'un régiment qui venait d'arriver, renchérirent encore beaucoup sur tous les autres; et à la manière dont la nouvelle madame *Bon homme* savoura tout l'encens que ces merveilleux lui prodiguaient; je pus juger d'avance qu'elle m'en ferait voir... j'allais presque dire *porter* de belles.

CHAPITRE XIX.

Mort de mon Beau-Père. Premières tribulations de mon Mariage.

Dans les commencemens de mon union avec mon épouse, jeune, belle et riche, je pus me croire heureux, et je ne savais quels remerciemens adresser au ciel et au digne mortel à qui j'étais redevable d'un sort si fortuné.

Cet homme si honnête, si vertueux, sous les yeux duquel nous étions toujours, qui ne s'occupait que d'entretenir le charme de notre ménage, par tous les plaisirs qu'il s'empressait de nous procurer, et qui s'étudiait avec l'attention la plus aimable à les renouveller sans cesse et à prévenir nos désirs, et changer toutes nos journées en fêtes nouvelles, et jamais l'ennui ni la mélancolie ne pouvaient approcher d'un séjour que sa tendresse qu'il partageait également entre sa fille et moi, savait nous rendre enchanteurs.

Mais hélas ! il est un terme à tout ; et plus les jouissances qu'on a goutées ont été vives, plus leur privation subite est sentie douloureusement. Je touchais au moment fatal qui devait détruire mes agréables illusions, en renversant le fragile édifice de mon bonheur imaginaire.

Un jour, dans la saison des grandes chaleurs, M. Blinville revenant de faire une longue promenade à cheval, se plaignit d'un violent mal de tête. Il voulut se mettre au lit de bonne heure, pensant que le repos suffirait pour le dissiper; mais le lendemain nous le trouvâmes dans une grande agitation. Il nous dit qu'il avait passé une mauvaise nuit, que son mal de tête augmentait, et qu'il sentait même des douleurs par tout le corps.

La plus vive inquiétude s'empara de mon esprit, et craignant que l'état de ce cher homme devint une maladie sérieuse, j'envoyai en hâte chercher un médecin fort habile, et en qui il avait beaucoup de confiance.

Le médecin trouva qu'il avait de la fièvre, qu'il y avait à craindre effectivement que le mal fît quelques progrès; mais que les symptômes, jusqu'à présent, n'étaient pas allarmans, et ne dénotaient pas encore une maladie grave. Il ordonna des calmans, recommanda à M. Blinville le repos, et sur-tout de tranquilliser son esprit, et promit de repasser sur le soir où il espérait trouver du mieux.

Je voulus rester auprès de ce cher malade ; mais après avoir pris les remèdes ordonnés, il me pressa de me retirer, en disant qu'il désirait être seul, qu'il se sentait un besoin de sommeil, et que ma présence, en entretenant ses idées, l'empêcherait de s'y livrer.

J'obéis et me retirai, mais avec l'intention de revenir d'instans en instans, voir dans quel état il se trouverait.

Une remarque déjà m'affecta douloureusement. Je vis avec surprise et mécontentement que mon épouse, la fille de cet homme si respectable et qui avait toujours eu pour elle la plus vive tendresse, ne paraissait presque point inquiète de son danger, et même qu'elle ne lui rendait presque aucuns soins.

Je crus devoir lui faire une petite observation à ce sujet; mais elle me répondit fort tranquillement qu'elle était persuadée que ce ne serait rien, et qu'elle craindrait plutôt d'allarmer son père en lui témoignant quelqu'appréhension.

Je trouvai cette excuse assez singulière et peu digne de la tendresse filiale. Cette façon de penser ne me donna pas bonne opinion de son attachement à l'auteur de ses jours; pour moi je redoublai d'attention auprès du malade, et je rentrai plusieurs fois dans son appartement.

Il paraissait assoupi, mais son sommeil était agité, convulsif même; sa respiration était pénible, embarrassée, et semblait annoncer une oppression. Alarmé de le voir ainsi, je ne savais si je devais le réveiller. Je craignais de le laisser souffrir; j'appréhendais aussi d'interrompre mal-à-propos l'action de la nature qui pouvait être bienfaisante....

Le médecin arriva pour me tirer de cette perplexité, et au bruit léger qu'il fit en entrant, M. Blinville s'éveilla Le docteur lui tâta le poulx, trouva la fièvre très-augmentée; qu'il avait la langue sèche, les yeux ardens, toute la peau brûlante, et une violente inflammation dans le sang. Enfin il déclara franchement que le danger était très-pressant.

Désolé à cette terrible nouvelle, je me jette aux genoux du médecin, et le conjure de faire tous ses efforts pour sauver cet homme si digne de vivre. De-là je me précipite sur le lit de mon bienfaiteur ; je prends une de ses mains que j'arrose de larmes, en lui criant : « Ah ! vivez, mon père, et que je » meure à votre place. »

Je n'entendis qu'un mot de sa réponse.

« Mon cher fils ! » Sa voix s'embrouilla, il prononça encore quelques sons inarticulés : je sentis sa main me serrer avec force. Une convulsion effrayante l'avait saisi. Je voulus le prendre entre mes bras ... hélas ! je ne tenais plus qu'un corps inanimé. Je tombai moi - même auprès de lui, presque dans le même état ; et malgré les secours qu'on me donna, je fus très - long-tems sans pouvoir revenir de mon évanouissement.

Je n'insisterai pas sur l'excès de la douleur que me causa la mort prématurée de cet excellent homme ; les immenses obligations que je lui avais ne doivent pas permettre de douter de la sincérité des larmes que je versai sur sa tombe.

Je ne m'étendrai pas non plus sur l'insensibilité que sa fille laissa voir en cette occasion. Ce fut un poids de plus sur mon cœur. Sa conduite dénaturée envers son père me fit pressentir ce que son époux devait attendre d'un pareil caractère.

Ce fut alors que j'eus lieu de connaître le motif qui l'avait engagée à se laisser marier avec moi. Me regardant comme un homme sans conséquence à cause de l'état de pauvreté où elle m'avait vu arriver à la colonie, et de la dépendance où j'avais été chez son père; et me connaissant d'une humeur douce, elle s'était bien persuadée qu'une fois qu'elle n'aurait plus à répondre qu'à moi de ses actions, ce serait bien elle-même qui réglerait les miennes, et que je serais encore trop heureux de m'asservir à tous ses caprices sans oser laisser échapper une plainte.

Elle leva bientôt le masque à mes yeux, et ne s'inquiéta pas plus de l'opinion des autres que de la mienne. Elle commença à ordonner dans la maison et partout en maîtresse absolue, et le tems de son deuil n'était pas expiré, qu'elle se livrait déjà à tous les genres de plaisirs et de divertissemens avec une impudeur scandaleuse.

Non contente même de les aller chercher chez les autres, elle eut l'indécence d'attirer à notre habitation des compagnies qui n'étaient pas de mon goût, et qui ne pouvaient pas lui faire honneur; elle fit plus encore. Pendant qu'une inspection que j'avais été faire de nos biens me retenait dehors, elle osa donner chez nous des fêtes en mon absence, et me rendre ainsi la fable de la ville.

CHAPITRE XX.

Joli tour de mon Epouse.

A MON retour de l'opération qui m'avait éloigné, je fus instruit par de véritables amis des inconséquences de ma femme, car, par égard pour moi, ils ne voulaient pas qualifier ses actions d'un titre plus désagréable et bien mérité.

Très - affligé de ces nouvelles qui m'apprenaient qu'en se faisant du tort à elle-même, ce qui ne lui importait guères, elle me faisait perdre, à moi, de ma considération personnelle, je lui représentai très-sérieusement que sa conduite irréfléchie... (c'était aussi beaucoup de ménagement de ma part) donnait matière à la critique des personnes honnêtes et nous rendait tous les deux très-ridicules, pour ne pas dire plus.

Madame prit fort mal ma remontrance, que je lui avais pourtant faite avec beaucoup de douceur, et je crois même que c'est le ton modéré que j'y mis qui lui donna l'idée et l'espoir de pouvoir m'en imposer et me subjuguer entièrement.

En effet après m'avoir répondu avec aigreur qu'elle était très-étonnée que je prétendisse trouver à redire à sa conduite, et prendre un ton de maître avec elle, après la complaisance très-honorante pour moi, qu'elle avait eue de vouloir bien accepter pour mari un commis de son père, elle finit par me signifier que c'était moi seul qui la rendait très-ridicule, et que la nom de *Madame Bonhomme* que je lui avais fait prendre par notre mariage, était un sujet continuel de persiflage qu'elle ne voulait pas endurer plus long-tems.

« Comment, Madame! » lui dis-je fort étonné de ce retour auquel je ne m'attendais pas....

« Voudriez - vous donc que je me » débatisâsse? » — « Oui, certaine- » ment, Monsieur; et il n'y aura pas » grande perte pour vous. Je crois au » contraire que vous gagnerez beau- » coup en troquant les ignobles et ba- » roques noms de *Guignolet - Bon-* » *homme*, pour celui de M. de *Mon-* » *desir*. C'est le nom d'une de nos » habitations, et je prétends que nous » le prenions, et que nous ne soyons » plus connus sous une autre déno- » mination.

» Je vous préviens même que,

» comme je médite ce projet depuis » long-tems, j'avais fixé à aujourd'hui » notre prise de possession de ce ti- » tre. En conséquence j'ai envoyé des » invitations à toutes les personnes » de ma connaissance ; je leur donne » un grand dîner, et à la suite de ce » repas splendide, pour lequel même » j'ai retenu des instrumens et des » chanteurs, on vous *débonhom-* » *misera*, et tous les convives crie- » ront en chœur avec les musiciens : » *vivent M. et Madame de Mon-* » *desir.* »

Je me préparais à répondre à un discours aussi extravagant, mais elle ne me laissa pas même le tems d'ouvrir la bouche. Elle se retira en me disant : « Ne cherchez pas à me dis- » suader d'un projet qui vous sera si » avantageux à vous-même. Vos idées » sont trop bornées, au lieu que les

» miennes, naturellement bien plus » relevées, me sont encore inspirées » et approuvées par tout ce qu'il y a » dans la colonie de gens plus élégans » et du meilleur ton. » Et elle me quitta en me riant au nez.

Je le sais très-bien, lui criai-je, « Madame, que vous ne fréquentez » que des gens capables de vous con» seiller des sottises; mais ni leur bon » bon ton, ni leur élégance ne pour» ront jamais m'engager à approu» ver ou à participer à vos folies. » Et je sortis précipitamment pour ne pas sembler autoriser par ma présence, une extravagance aussi blâmable.

Je partis pour une de nos autres habitations où je restai trois jours, ayant la faiblesse d'imaginer que mon éloignement aussi brusqué, et l'humeur que j'avais marqué à ma femme à l'annonce de son bisarre dessein, lui auraient fait faire des réflexions, et en auraient empêché l'exécution.

CHAPITRE XXI.

Autre nouveau tour, plus fort.

Quand je revins avec quelqu'espoir de la trouver plus raisonnable, ma chère épouse, que rien ne pouvait ramener aux bons principes, avait complètement exécuté sa folie. Sa fête ridicule avait eu lieu. L'orgie la plus scandaleuse y avait succédée, et déjà nous étions tympanisés par la ville, elle comme la plus imprudente des femmes, et moi comme le plus sot des maris.... J'entendis même chanter sur mon chemin des couplets mordans qui circulaient sur cette plus que ridicule aventure.

Animé d'un dépit bien légitime,

mais conservant encore quelque considération pour la fille de mon bienfaiteur, je retournai chez moi pour lui faire sentir, le plus raisonnablement possible, le tort que sa réputation et la mienne allaient souffrir par les sottises que la mauvaise compagnie qu'elle fréquentait malgré moi, l'engageait journellement à commettre.

J'entre, sans rien dire aux domestiques, qui, eux-mêmes silencieux, ne me préviennent de rien, ne font pas même semblant de me voir, et je pénetre sans bruit jusqu'à l'appartement de mon épouse.....

Qu'on juge de ma surprise. Je vois madame étendue sur une o tamane ; dans un désordre assez voluptueux et un jeune militaire à ses côtés, dans une posture plus qu'équivoque. Atteré par ce coup, je ne puis me rendre compte du sentiment qui s'empare de moi. Est-ce colère, est-ce mépris, est-ce humiliation ?.... Je ne saurais le dire. Mais je crus voir l'ombre de son père vénérable, et tous mes mouvemens violens me calmèrent. Je me contentai de lui dire, en ressortant subitement de sa chambre. » Vous avez » bien fait de changer de nom, ma- » dame. Vous vouliez celui de *mon* » *désir*, et monsieur me prouve que » *votre désir* est rempli. »

En refermant la porte sur moi, j'entendis le galant officier rire, et ma chère épouse qui ne s'était pas déconcertée, dire » c'est un maussade qui » ne sait pas vivre et qui a continuel- » lement des lubies, mais je les lui » ferai passer. »

Je m'allai promener sur le port pour dissiper mon humeur, et pour rêver aux moyens de prévenir, ou de réformer s'il était possible les mauvaises dispositions où ma tendre épouse ne se cachait pas d'être à mon égard. Comme je ne me pressais pas de retourner chez moi où je craignais d'être encore témoin de quelqu'autre scène aussi offensante pour un mari, j'avais beaucoup prolongé ma promenade, sans que mes réflexions m'eussent encore fait déterminer le genre de conduite que j'adopterais, vis-à-vis d'une femme qui paraissait aussi décidée que la mienne à mettre ma patience à toutes épreuves.

Je m'en revenais cependant, quand je fus acosté par un homme qui s'annonça à moi comme étant chargé de la vente d'une habitation en très-bon rapport, mais dont les propriétaires voulaient passer en Europe; et qu'ils donneraient, outre le bon marché, toutes les facilités possibles pour le payement.

Comme nous avions hérité de mon beau-père de beaucoup d'argent comptant, et que je calculais qu'il rapporterait en étant employé dans une bonne acquisition, plus qu'en le plaçant chez des particuliers, qui même pouvaient manquer d'un moment à l'autre ; comme de plus, je n'étais pas fâché d'avoir une occasion pour m'absenter quelque tems de la compagnie d'une femme dont la vue commençait à exciter mon indignation. je répondis à cet homme, que j'irais voir cette habitation pour juger de sa valeur, et que si elle me convenait, nous pourrions faire affaire ensemble.

Il me donna une adresse où je le trouverais le lendemain, et d'où nous partirions en voiture, pour aller visiter le bien en question. Je retournai chez moi, et sans chercher à voir mon épouse, je me couchais et j'attendis l'heure de mon rendez-vous où je ne manquai pas de me trouver fort exactement.

Nous partîmes et nous arrivâmes dans un endroit où je fus très-bien reçu par les soi-disant propriétaires. Le bien était en bon état, toutes les cultures fort soignées, les plantations, tous les différens objets, en sucre, en café, en indigo, en excellent rapport, et le prix que l'on en demandait, inférieur à la valeur réelle, laissait espérer un grand bénéfice sur ce marché.

Enchanté de cette superbe occasion, dont je me décidais bien à profiter, et gagné par l'accueil obligeant que je recevais des maîtres, j'acquiesçai avec plaisir et reconnaissance à l'invitation qu'ils me firent, de souper et de coucher chez eux pour repartir ensemble le lendemain, et aller terminer de suite une opération qui me paraissait si avantageuse pour moi.

La chère fut excellente, les vins exquis, et la bonne humeur de chacun des convives, fort satisfaits les uns de vendre argent comptant, l'autre d'acheter à bon marché, nous fit pousser le repas fort avant dans la nuit.

Mais j'étais tombé entre les mains de traitres qui me jouaient; c'était un complot ourdi par ma femme avec l'officier que j'avais surpris avec elle. Ils m'avaient aposté un homme pour me faire aller sous un faux prétexte, dans une superbe habitation appartenant à des Colons de leurs amis, gens de plaisir, qui leur avaient promis de me bien mistifier.

Effectivement, pendant un sommeil

de commande qu'on m'avait provoqué avec quelque mixtion dans le vin qu'on m'avait fait boire outre mesure, on me dépouilla et l'on me barbouilla d'une certaine composition noire, qui me métamorphosa des pieds à la tête en véritable nègre, et l'on me fit coucher dans la case des autres esclaves à qui on avait donné le mot.

Le lendemain, un commandeur nègre vint me réveiller ainsi que les autres; et comme je ne me pressais pas de me lever, il m'appliqua quelques coups de fouet, en me reprochant ma paresse et me menaçant d'une punition plus rigoureuse. Loin de rien concevoir à ce que j'entendais, et même que je faisais beaucoup plus que d'entendre, puisque je sentais les coups, je croyais dormir encore et rêver, lorsqu'en me frottant les yeux pour m'assurer si j'étais vraiment éveillé,

je fus surpris de la couleur noire de mes mains. Je me regarde et je me vois en pantalon et gillet de coutil rayé, comme les autres esclaves. Eux-mêmes me poussant et me tirant, »
» allons donc, véni Domingo! com-
» mandeur pas bon ; l'y va donner
» fiou fiou à toi, si toi paresseux da-
» vantage..... Et ils m'entraînent avec
» eux... »

Enfin, confondu, ne concevant rien à mon étrange métamorphose, doutant de mon existence et du témoignage de mes sens, je suis obligé de me résigner, de suivre machinalement les nègres et de partager leurs corvées qu'ils faisaient gaiement en se moquant de moi, tandis qu'à force de menaces et même de coups, on m'obligeait de m'y prêter de meilleure grace.

Je passai ainsi une terrible journée

qui me sembla bien longue, et plus douloureuse encore. Le soir, les nègres mes camarades m'emmènent de même après nos travaux pour souper frugalement avec eux, du mince ordinaire auquel ils sont accoutumés; mais on me fait prendre une dose de la même boisson qui m'avait engourdi la veille.

Pendant la nuit on me reblanchit, en effaçant la couleur noire postiche; on me r'habille, et une voiture préparée me reconduit chez moi, où l'on me remet dans mon lit près de ma femme.

La potion soporifique ayant achevé son effet, je me réveille encore très-fatigué. Je m'étends; je sens une femme à côté de moi, et je reconnais mon épouse. Dans l'excès de ma surprise, je lui demande comment je me retrouve là; elle feint encore plus d'étonnement que moi. Je lui raconte ce qui m'est arrivé, et lui en demande l'explication ; mais elle se contente de me dire froidement en sortant du lit, qu'elle connaît à présent la cause de mes injurieux procédés envers elle ; que je suis affligé d'une maladie fâcheuse qui la forcera dorénavant à faire lit à part.... ; que je ne suis pas sorti de l'habitation... enfin que je suis somnambule; que je crois véritable ce qui m'arrive en dormant ; que c'est apparemment ainsi que j'ai cru la voir dans les bras d'un officier, et que je dois bien être convaincu que cela n'est pas plus vrai, qu'il n'est vraisemblable que j'aye été pendant vingt-quatre heures nègre et esclave.

Franchement je ne savais que répondre. J'étais si loin alors de me douter de la machination perfide qu'elle avait tramée contre moi, que j'étais disposé à croire, comme elle me le disait, que j'avais rêvé les deux aventures. Cependant la douleur que je ressentais encore des coups que j'avais reçus pendant mon travestissement en nègre, me laissait une chagrinante incertitude dont je sus bientôt la vérité, par un des officiers, son complice, qui eut l'indiscrétion de s'en vanter.

CHAPITRE XXII.

On me fait faire une nouvelle Promenade.

Comme je n'appris que par la suite le détail de ces différens tours que ma femme me faisait jouer par ceux qui étaient intéressés à ses plaisirs, en troublant les miens, celui dont j'avais été dupe aujourd'hui, ne m'empêchait pas de me laisser attraper le lendemain par un autre. Ne pouvant me persuader la perversité d'une fille élevée par un homme vertueux, je supposais toujours, malgré les preuves multipliées de ses torts envers moi, ou que j'y voyais mal, ou du moins qu'il y avait plus de la fatalité de mon étoile, que de méchanceté réfléchie ou méditée de sa part, dans les disgrâces qu'elle me faisait éprouver.

En conséquence, dans l'indécision où je restais encore, l'amour que j'avais véritablement et malheureusement pour elle, plaidant toujours sa cause dans mon cœur, je me prêtais continuellement aux malignes intentions qu'elle avait contre moi, et dont ses parthenaires conjurés contre mon honneur, lui fournissaient chaque jour de nouvelles occasions de me rendre victime.

Je ne croyais certainement pas l'histoire apocryphe de mon somnambulisme, mais je n'avais encore aucune raison positive pour la révoquer en doute; lorsque la digne Créole, ma tendre moitié, me voulut donner une nouvelle preuve, ou du moins à ce qu'elle imaginait, une assurance convaincante que j'étais réellement atteint de cette maladie.

D'accord avec des officiers de marine de sa connaissance, car cette femme extraordinaire avait un génie si étendu, qu'elle embrassait à-la-fois la terre et la mer, et que tous les uniformes lui plaisaient, marins ou terrestres, français ou étrangers.... Une épaulette quelconque était pour elle une boussole qui lui aurait fait parcourir les deux hémisphères.

D'accord donc avec des officiers de marine d'un vaisseau espagnol en relâche à notre port, et qui partait le lendemain (ce que je ne savais pas), elle leur avait fait leur thême pour me tendre un nouveau piège dans lequel je donnai complètement.

On me fit dire que ce navire, qui venait d'une île espagnole, avait des denrées à vendre à bon prix, et qui manquaient à notre colonie. Moi, qui était toujours à l'affut des bonnes occasions, je crus avoir trouvé là celle de faire un coup très-avantageux.

Comme en fait de spéculations commerciales on ne s'endort pas, et qu'il faut profiter du moment, je prends les proposeurs au mot, et je vais avec eux pour voir les marchandises énoncées. Sous différens prétextes on me fait perdre du tems ; j'en passe beaucoup à causer sur la nature, sur la quantité des matières. Nous avons l'air de tomber d'accord, et je dis que je reviendrais le lendemain pour finir, payer et faire emporter les objets dont nous étions convenus, et je veux me faire remettre à terre....

Pendant tous ces pourparlers qui entraînaient encore du tems, on me fait passer dans une des chambres du navire, pour écrire un compromis de notre marché. J'y entre sans aucune méfiance, mais le vaisseau n'attendait plus que le capitaine pour mettre à la voile ; il arrive : l'ancre était déjà relevée; tandis que je cause, on part, et quand, impatienté de tous ces retards, je sors de la chambre où l'on m'avait retenu jusqu'alors si perfidement, je viens sur le pont pour m'embarquer dans le canot qui m'a amené, et retourner au port, je me vois en pleine mer, entouré de gens qui rient de ma sotte confiance, et qui, pour toute consolation, me disent que les propriétaires de leurs marchandises étaient à *Buenos-aires*, jolie colonie espagnole, et qu'ils m'y menaient pour traiter définitivement avec eux.

Que faire en pareil cas?..... Il n'est pas question de la colère qui dût s'emparer de moi quand je me vis ainsi trompé..... On la devine mieux que je ne pourrais l'exprimer.... Je rongeai, comme on dit, mon frein, et je me permis seulement de leur répondre : « Vous auriez dû me demander » avant si je voulais entreprendre ce » voyage. »

Ils rirent encore, et ne me dirent plus rien. Toute la journée du lendemain personne ne me parla, et j'eus le tems de faire à moi seul des réflexions sur les évènemens extraordinaires que ma mauvaise destinée semblait me préparer d'avance et accumuler les uns sur les autres.

Je ne pouvais absolument rien deviner de ce que ces gens voulaient faire de moi : je ne concevais pas davantage à quel sujet je pouvais être l'objet de leur vengeance ou de leur trahison, n'ayant jamais connu aucun d'eux..... Si c'était une plaisanterie qu'ils me faisaient, je la trouvais d'un genre un peu singulier, et je me disais : « Mais l'on ne plaisante pas avec » ceux qu'on ne connaît pas. Ces gens- » ci ne sont donc que des agens d'au- » tres qui me connaissent et qui les » emploient ; mais encore qui peu- » vent être ceux là? »..... et toutes ces réflexions me mettaient furieusement l'esprit à la torture.

Enfin, le troisième jour sur le soir, le navire qui m'emmenait s'arrêta en vue d'une petite île, dont je n'eus pas le tems de savoir le nom. On mit un canot à la mer, et deux de mes trompeurs y étant entrés avec moi, me conduisirent à terre.

Le complot était sans doute bien formé, et tout était prémédité et disposé d'avance ; car à peine eûmes-nous mis le pied sur cette île, que nous fûmes abordés par quatre Maures,

Algériens, Maroquins ou Tunisiens; je ne savais pas au juste distinguer leur costume. Mes deux conducteurs dirent quelques mots à ces quatre survenans, dans un langage que je n'entendais pas. Aussitôt les derniers me saisissent, m'enchaînent; et un des deux traîtres qui venaient de me livrer ainsi, me dit avec une dérision inhumaine: « Bon courage, monsieur » *Bonhomme mon désir!* si votre » désir est de voyager et de voir un » nouveau pays, il va être satisfait. » Vous avez quitté *l'Europe* pour » voir *l'Amérique;* et ces braves » *Algériens*, à qui nous vous avons » vendu, vont vous mener en *Afri-* » *que:* de-là, si le sort continue à » vous être favorable, vous n'aurez » plus que *l'Asie* à visiter, pour avoir » eu le plaisir de connaître les quatre

» parties du Monde.... » et leur canot repoussa au large pour regagner le navire espagnol.

CHAPITRE XXIII.

On m'embarque pour Alger.

L'INDIGNATION, le désespoir, la rage.... non, je ne connais pas un terme assez fort pour exprimer la moitié des transports qui s'emparèrent de mon ame.... Tout ce que je peux dire, c'est qu'après avoir voulu me précipiter dans la mer, ce que les forbans d'Algériens empêchèrent en me retenant par les chaînes qui me garottaient, mon corps y succomba, et l'on m'emporta, je ne sais comment, ni où, ni le tems qui se passa jusqu'à ce que je fusse revenu à la connaissance que j'aurais voulu avoir perdue tout-à-fait.

Tout ce que je pus juger en r'ouvrant assez inutilement les yeux qui ne me servaient à rien voir, mais par le roulement qui me balançait, et l'odeur de goudron qui me prenait à la gorge, et les aimables chaînes qui me retenaient toujours, c'était qu'on m'avait transféré à fond de cale du brigantin des pirates auxquels j'avais été vendu, que nous étions en mer, et que le maudit démon, qui avait juré ma perte, me poussait par un grand vent vers cette funeste Afrique, où j'allais être empalé ou eunuquifié, ou par grace, condamné à rester esclave toute ma vie.

Hélas! mon cher lecteur, lequel à ma place auriez-vous choisi des trois?

Je ne pus calculer le tems que je passai dans cette affreuse position. Les minutes me semblaient des heures, les jours des années. Le délire troublait continuellement mon esprit ; une ardeur dévorante consumait mes sens, et les larmes même se refusaient à mes yeux pour soulager ma douleur.

Je ne crois pas que j'eusse encore pu résister long-tems, lorsqu'un jour.... eh ! mais non, je puis mieux dire, une nuit, puisque tous les momens étaient de ténèbres pour moi, on vint me prendre et m'enlever. L'impression vive et subite que me fit le grand air, et plus encore les idées sinistres dont mon esprit était tourmenté, me croyant arrivé au lieu fatal où allait finir ma vie, ou s'éterniser mon esclavage, je ne vis rien, ne connus rien de ce qui m'entourait, et l'on me transporta dans un état d'anéantissement où mon existence même était douteuse.

Je restai dans cette situation je ne

sais encore combien de jours, d'heures ou de minutes; mais enfin mes sens se rassurèrent, mes organes se redéveloppèrent, mes yeux s'ouvrirent et purent distinguer les objets.... et mon esprit rassereiné put les reconnaître.

Devine-t-on à présent ce que je ne pouvais pas croire moi-même en le voyant?... J'étais chez moi dans mon habitation, dans ma chambre, sur mon lit, et mon épouse assise dans un fauteuil auprès de moi, fondait en larmes, et semblait implorer le ciel pour qu'il me rendît la santé....

Cette nouvelle et inattendue vision pensa me rendre fou véritablement. Je ne pouvais parler, malgré l'envie que j'en avais, car je ne pouvais pas même comprendre.... Ma femme, avec l'air d'une bonne-foi accompagnée d'une douloureuse inquiétude, me

demandandait avec tendresse : « Eh
» bien ! mon cher mari, me recon-
» nais-tu enfin ? Te sens-tu mieux,
» et ces crises terribles qui m'ont si
» fort effrayée, crois-tu qu'elles ne te
» reprendront plus ?... Ah ! tu m'as
» fait bien du mal ; mais j'ai le chagrin
» de penser que tu en as ressenti da-
» vantage. »

Je l'écoutais les yeux fixes, la bouche béante et avec un air de stupéfaction qui lui prouvait déjà bien que j'étais complètement sa dupe ; car c'était elle, comme je l'ai dit plus haut, qui avait filé toute l'intrigue de cette nouvelle épreuve qu'elle avait voulu faire de ma *bonhomie*.

Quelques-uns des ses affidés partis d'avance pour l'île où ceux du vaisseau espagnol qui s'en retournait m'avaient conduit par surprise, avaient dû s'habiller en algériens ; les autres me livrer à eux comme esclave, et ceux-ci me ramener au Cap-Français en me faisant croire qu'ils me traînaient en Afrique; et cette farce imaginée et exécutée pour avoir un effet comique pour eux, avait pensé avoir un dénouement tragique pour moi, car peu s'en était fallu que je n'eusse succombé au cruel désespoir qu'elle m'avait occasionné.

Je demandais donc à madame ci-devant *Bonhomme*, et maintenant madame *de Mondésir*, ce que signifiaient ses plaintes, ses douleurs et les inquiétudes qu'elle me témoignait : elle eut l'intrépide effronterie de me dire d'un ton hypocritement sentimental :

« Ah! mon cher ami, voilà cinq
» ou six jours que je te garde, sans
» quitter le chevet de ton lit. Tu as
» eu des convulsions affreuses; tu te-

» nais des discours effrayans, ne parlant que de mort, d'esclavage, de voyage en Afrique..... Tu voulais te détruire...., et je ne suffisais pas avec six de nos domestiques à contenir les accès de ta déplorable et furieuse frénésie; et il est bien malheureux qu'à ton âge tu sois atteint d'une maladie que les premières attaques que tu en as déjà éprouvées ne m'avaient pas laissée croire si dangereuse; mais je vois qu'il faudra employer, pour t'en guérir, les remèdes les plus actifs, et je vais faire une consultation de tous les les médecins de la ville et et des environs. »

« Eh non, ma chère femme, lui dis-je, gardez-vous-en bien; il n'en faut pas tant, un seul suffirait pour m'expédier et vous rendre veuve... »

« Ah! que le ciel me préserve de

» ce malheur, reprit-elle, je veux
» l'éloigner le plus qu'il sera possible.
» C'est votre sang qui circule avec
» trop de vivacité, et il faut vous en
» faire tirer beaucoup; je vais faire
» venir des chirurgiens. »

« Eh mais, ma chère épouse, faites-
» moi graces encore de ces saigneurs!
» Il n'en faut qu'un pour faire couler
» tout le sang du bœuf le mieux
» portant; et moi, dans l'état chétif
» où mes chagrins m'ont réduit,
» je n'aurais pas de quoi en fournir
» aux lancettes de plusieurs phlébo-
» tomistes. »

J'obtins enfin, à force de supplications, et sur-tout en ayant l'air d'être persuadé, d'après ce qu'elle me disait, que j'avais encore rêvé mon enlèvemens sur le vaisseau espagnol; j'obtins, dis-je, que ni médecins, ni chirurgiens ne mettraient les mains sur moi, ni même les pieds dans la maison.

Cependant je récapitulai les vraisemblances, et rien ne pouvant me faire douter de la réalité de ma visite à bord du vaisseau espagnol, puisque même un de mes amis qui m'avait vu embarquer dans sa chaloupe pour y aller, me demanda peu après si j'y avais fais de bonnes affaires; je conclus que madame mon épouse était vraiment une hypocrite et une scélérate; qu'elle avait bien fait de vouloir quitter le nom de madame *Bonhomme* qui ne pouvait lui convenir, ni au masculin, ni au féminin; que j'étais moi-même à présent, non plus un *bon homme*, franchement dit, mais un *sot homme*, en me laissant ainsi vexer et berner par cette méchante femme...., et je me décidai très-absolument à surveiller de près, à éplucher sa conduite dans tous les points, et à prendre vis-à-vis d'elle le parti que la raison et l'honneur me commanderaient d'après une assurée conviction des fautes dont elle se serait rendue coupable.

CHAPITRE XXIV.

Mon Epouse me fait cadeau d'un Enfant.

Ce projet bien formé dans ma tête, je n'eus garde de donner à ma modeste et intéressante moitié, le moindre signe de méfiance des bons sentimens qu'elle affectait plus que jamais d'avoir pour moi; mais aussi, comme je la guettais en tapinois! comme je suivais à la piste ses moindres démarches!....

Ruse contre ruse est une chose si naturelle et si permise en tous genres!......... Le guerrier ennemi mine pour se faire jour dans une forteresse qu'il attaque, l'assiégé contre-mine pour faire sauter son aggresseur. Un plaideur fait des factums contre sa partie adverse, le défendeur y réplique par d'autres plus forts, s'il le peut. Un braconnier tend des piéges au gibier qu'il veut voler et au garde-chasse qui est payé pour le conserver, et celui-ci se met en embuscade pour attraper l'autre et le punir... Donc, et à plus forte raison, un mari qui a son honneur et sa fortune à défendre, est encore plus autorisé à se précautionner contre la femme infidèle qui veut lui faire perdre l'un et l'autre, et les perfides complices qui l'assistent dans cette double et inique opération.

Je ne perdais donc pas de vue le moindre mouvement de madame *de Mondésir*, car elle avait déjà réussi en ce point ; et soit dérision de la part des uns, c'est-à-dire, du public, soit complaisance de ses favoris ou adorateurs, on ne la nommait plus autrement, à sa grande satisfaction, et à ma sensible confusion....

Mais la maligne et prudente femelle avait alors un motif important pour la retenir un peu, malgré la légèreté et l'inconséquence de sa conduite habituelle avec moi ; et certaine inquiétude assez bien fondée troublait et diminuait en ce moment l'assurance où elle avait cru toujours être de pouvoir m'en imposer.

Au nombre des précautions que j'avais pensé devoir prendre pour ne plus être trompé par elle, je n'avais pas oublié celle dont elle m'avait menacé une fois, de faire lit à part ; et depuis long-tems, soit par la mauvaise humeur qu'elle m'avait donnée, soit par les absences forcées qu'elle m'avait spirituellement et méchamment, mais inconsidérément forcé de faire, je m'étais privé du plaisir de son accointance; et depuis mon dernier retour auprès d'elle, du voyage supposé qu'elle m'avait fait faire à Alger, je m'étais bien gardé de l'approcher au point de..... laisser des probabilités....; et la chère malicieuse et imprudente dame se trouvait enceinte et très-avancée même vers le terme de sa délivrance.

Enfin vint le moment où, non pas la glace se rompit, comme on dit quelquefois, mais où l'abcès aboutit... Astucieuse comme elle était, et préparée sans doute par différentes subtilités qu'elle avait imaginé d'employer pour m'entretenir dans l'erreur, elle crut bien encore pouvoir surprendre ma crédulité sur laquelle elle comptait, en me supposant de fausses époques, en me rappelant des distractions de somnambule, qu'elle m'avait bien cru persuader que j'étais... mais un incident imprévu dérangea et confondit toutes ses ingénieuses mais inconséquentes spéculations.

Ma chère et ravissante moitié avait tant d'attraits, qu'elle inspirait de l'amour à toutes les classes d'hommes, et tant de complaisance, qu'elle consentait à recevoir de tous les individus, les témoignages de l'effet que ses charmes opéraient.... Le joli poupon qu'elle mit au jour, et dont elle prétendait me nommer le père, se présenta dans ce beau monde avec la plus belle couleur d'ébène qu'il fut possible de voir.

CHAPITRE XXV.

Catastrophe et punition.

On doit bien penser que la coquette et fière madame de Mondesir se trouva bien confuse de se voir mère d'un négrillon à grosses lèvres, à nez bien épaté, à laine sur la tête!... Ce qui la contrariait le plus, et qui me flattait moi, c'était la quantité de témoins de son heureuse et merveilleuse délivrance, sans quoi elle aurait été assez hardie pour renier son fruit, et assez méchante pour m'accuser de l'avoir changé; mais il n'y avait pas moyen de faire soupçonner un escamotage. Le cher poupon avait été reçu de la première main, et j'avais eu la malice de lui faire aussitôt présenter à baiser.

Elle le repoussa avec indignation, en jettant sur moi un regard de fureur. Je m'attendais que pour s'excuser, elle m'allait dire qu'elle était somnambule aussi ; mais cette idée ne lui vint pas.

Quelque mécontentement que je dusse ressentir d'un évènement qui, en manifestant sa honte, prouvait en même tems mon enregistrement dans la grande confrairie, je crus lui devoir des ménagemens dans l'état où elle était. Je m'abstins donc de lui faire aucuns reproches. Je fis emporter le noir marmot, en ordonnant de lui chercher une nourrice, et je dis à la mère de ne songer qu'à se rétablir. Je me retirai alors en faisant sortir tout le monde, et ne laissai avec elle dans sa chambre, que deux femmes pour la servir.

Je réfléchis alors sur ce que j'avais à faire. Je commençai par défendre à tous mes domestiques, sous peine d'une punition très-sévère, d'ébruiter cette étrange aventure, et je partis pour la campagne, en enjoignant expressément de ne recevoir aucun étranger pendant mon absence et sous aucun prétexte ; le médecin seul était excepté. J'étais assuré de sa probité et je pensais bien que ma prudente épouse ne lui ferait pas la confidence de son secret.

Au bout d'un mois, je revins à la maison; madame était parfaitement rétablie, et je voulus alors avoir avec elle un entretien, que par délicatesse j'avais différé jusqu'à ce moment. Elle avait eu tout le tems de se remettre de la confusion que la première surprise lui avait causée, à la vue du négrillon; et un peu rassurée ensuite par la manière assez tranquille dont j'avais paru prendre ce singulier cadeau de sa part, elle s'était préparée d'avance pour tâcher de m'abuser encore sur ce sujet, et elle m'en débita de toutes les façons.

Entr'autres curieuses suppositions qu'elle me voulût faire, elle chercha à me persuader que le saisissement que je lui avais occasonné en lui racontant la douloureuse histoire de mon travertissement en négre, dans l'habitation que j'avais été visiter, l'avait affectée au point de lui causer une révolution dans le sang, qui était bien capable d'avoir changé la couleur du légitime fruit de nos amours, conçu très-vertueusement dans son chaste sein.

J'avais un argument irrétorquable

à lui opposer : c'était que chaste ou non, son joli blanc sein n'avait pas été pressé conjugalement par le mién depuis plus d'un an, intervalle bien suffisant pour prouver que même l'imagination la plus amoureuse n'avait pu, sans un corps coopérant, produire un résultat blanc ou noir. Il n'y avait pas de réplique.

Il ne me suffisait pas de l'avoir réduite à ne pouvoir plus nier l'insulte faite à mon honneur; je voulais encore connaître le fortuné personnage qui jouait auprès d'elle, le rôle de mon remplaçant. Cette demande de ma part, lui inspira l'idée d'un nouveau mensonge, pour affaiblir dans mon esprit, la rancune de la faute dont elle était convaincue.

Se rappelant le danger que son père avait couru dans un bois, avec les nègres marons, dont j'avais eu le bonheur de le délivrer, elle ne manqua pas de m'en faire d'abord ressouvenir, pour donner plus d'apparence de vérité à la fable qu'elle m'allait raconter. Un jour pendant une de mes absences, elle avait été se promener seule, dans l'habitation, et dans un endroit un peu écarté; elle avait été saisie par un nègre d'une taille et d'une force prodigieuses, qui l'avait effrayée au point de tomber évanouie à la vue d'un poignard qu'il avait levé sur elle... Et qu'apparemment ce monstre avait abusé de son état d'insensibilité, pour commettre un crime dont elle n'avait pas eu de connaissance, et dont par conséquent elle n'avait pu me parler.

Je trouvai que l'invention de ce terrible poignard dont elle avait appréhendé d'être percée, était ingénieuse et s'ajustait fort bien à la suite de l'affaire, et je lui fis observer qu'il me paraissait assez singulier qu'un instrument dont elle craignait de recevoir la mort, n'eût servi qu'à donner la vie.... Ensuite je lui déclarai plus fermement que je n'étais pas dupe d'un pareil conte, que je voulais absolument qu'elle me nommât celui qui de force ou de gré, avait abusé d'elle, que je lui pardonnerais à ce prix ; que même je ne ferais aucun mal au nègre, afin de ménager notre honneur que sa punition pourrait servir à compromettre ; que mon intention était seulement de le faire passer dans une autre île Espagnole, en le vendant à un de mes correspondans, qui m'avait demandé de lui procurer quelques esclaves.

Il n'était pas possible de me comporter avec plus de modération. Cependant cette femme perverse, enhardie par ma douceur, voulut encore me tromper en cette occasion; mais elle en fut punie bien cruellement, et moi de même, par un événement affreux, auquel sa mauvaise foi donna lieu. Voulant se conserver l'odieux complice de ses criminels plaisirs, au-lieu de m'accuser le véritable coupable, elle me nomma un autre esclave qui lui était très-indifférent.

Par hasard et par malheur, une des négresses qui servait mon épouse, se trouvait, à notre insu, dans une chambre proche de celle où nous étions. Elle avait entendu notre conversation et l'accusation portée par sa maîtresse, contre un de nos commandeurs, qui était justement son amant.

Furieuse de la prétendue infidélité qu'elle croyait véritable, elle alla de suite l'accabler de reproches et lui dire dans son dépit, qu'elle serait bien vengée de lui, que *maîtresse* l'avait dénoncé à *maître*, et qu'on allait le vendre pour le faire périr dans une autre île. Ce malheureux épouvanté et enragé de la méchanceté de ma femme qui le sacrifiait si injustement, conçut à l'instant et exécuta dès la même nuit, le projet de vengeance le plus barbare. Pendant que nous étions tous livrés à un profond sommeil, il mit le feu à plusieurs endroits de notre habitation, et n'oublia pas la caze séparée où ma femme restait seule depuis que j'avais jugé à propos de n'avoir plus de fréquentation avec elle.

Un vent violent qui soufflait cette nuit, servit au mieux sa fureur. L'incendie se manifesta par tous les côtés à-la-fois, avec une rapidité effrayante.

éveillés en sursaut, entourés de flammes, suffoqués par la fumée dans des bâtimens embrâsés, ceux de nous qui purent s'échapper à tems du milieu de ces brâsiers ardens, ne trouvèrent aucuns moyens de porter du secours aux autres. Tous les magasins, les granges, les écuries, les bestiaux furent consumés; tous les appartemens, pavillons et autres dépendances, réduits en cendres, ainsi que presque tous les domestiques mâles et femelles qui couchaient dans l'intérieur; ma malheureuse épouse, dont l'inconduite et la fausse dénonciation avaient donné lieu à cette horrible vengeance, en avait été la première victime, et je n'y étais échappé moi-même, que parce que l'incendiaire qui me croyait avec elle, n'avait pas eu connaissance d'un petit cabinet isolé qui me servait de retraite, depuis les premiers soupçons que j'avais eus contre mon infidèle moitié.

Fin du troisième volume.

TABLE

DES CHAPITRES

contenus

Dans le Troisième Volume.

www.ingramcontent.com/pod-product-compliance
Lightning Source LLC
Chambersburg PA
CBHW050355030726
47503CB00006B/1864

* 9 7 8 2 0 1 3 5 3 5 6 1 8 *